徳間文庫

国道食堂 2nd season

小路幸也

徳間書店

2nd season

CONTENTS

Design：坂野公一（welle design）

2nd season

黒岩蘭子

三十三歳　トラックドライバー

新規の仕事はいつも楽しい。

新しい道を走れるから。

新しい景色が見られるから。

高速道が使えるのに一般道を走って、もし遅れたら怒られるけれどさ。予定通りに到着すれば会社としては全然オッケー。高速料金がかからないんだからそりゃあ絶対にいいよね。

でも、一般道は時間の予測が難しい。何事もなければ、お盆とか混《こ》む時期じゃなきゃ大丈夫だけど、事故とかあって道が片方でも塞《ふさ》がれちゃうと迂回路《うかいろ》に出られなくなる可能性があるから。

国道五一七号線もそんな道なんだ。ここに入ってしばらく走って山の間を通っていくところにさし掛かるともう迂回路はない。詰まってしまったら、終わり。諦《あきら》めて流れ始めるのを待つしかないところなんだ。

　でも、今日は大丈夫。荷物は家具屋の小物ばかりだし到着は明日の朝九時に倉庫が開《あ》く時間でいい。つまり、ゆっくり走って四時間で着く距離を一晩かけて走っていい。

（いつもこんな行程なら、楽なのにねー）

　思わず口笛を吹いてしまうぐらいに、本当に楽な仕事。年に何回かはこういうのがあるのよね。

　トラック運転手へのボーナスみたいなものか。いやボーナスならそれは現金で貰《もら》わないとね。そもそもボーナスなんて貰ったことないし、私たちにとっては夢と同じぐらい現実味のない言葉だよね。

　向こうから大型トラックが走ってくるのがわかって、あれはネコさんのところね。昔は大型トラック同士でよくクラクションを鳴らして『よっ、がんばろうぜ』って挨拶《あいさつ》したり、手を軽く挙げてきたり、無線で話し合ったりをしていたらしいんだけど、今はほとんどそんなことはない。

　車内カメラを搭載して全部撮《と》られているところもあるからね。用もないのに片手ハンドルなんてして挨拶していたら、会社に見つかって注意される。減点を食らったりする。鼻歌を歌っただけで怒られたりする。注意力散漫《さんまん》の危険運転ってことでね。

わかるけどさ。わかるけど、どうかなって思うよね。危険運転を減少させるのはあたりまえとしても、もう少しやり方ってものがあるんじゃないかなって。だからってどうすればいいのかなんて、頭の悪い私には考えもつかないけどさ。

でも、たまに目線だけで挨拶してくる人もいる。あのネコさんのドライバーさんは挨拶してくれたのでこっちはウインクしてあげる。

いいでしょー。女性ドライバーのウインク。

大笑いしながら通り過ぎるドライバーさんもいるよ。

増えてきてるとは言っても、数少ない女性トラックドライバー。皆が優しく接してくれるんだ。まぁそこには女なのにこんなキツイ仕事で頑張《がんば》ってるのか、っていう、ある種の偏見《へんけん》も入っていると思うんだけど。

それは、いい。

女だからって優しくしてくれるんだったら、そうしてもらう。

下心なしのそれを拒んだりするのは人間としてどうよって話でしょ。もちろん下心ありの下衆《げす》野郎には中指おっ立ててるけどさ。

同情は、淋《さび》しくもあり嬉《うれ》しくもあり。

シングルマザーってのも、私の場合は自分で選んだわけじゃなくて、そうなってしまったってことなんだけど。

トラックの運転手を選んだのは、私の意志だけどね。

（そろそろかな）

このルートを走るのに、楽しみにしていたことがあるんだ。

同じトラックドライバーのキュウさんから話を聞いていた。ここを走ることがあったら寄るといい食堂があるって。抜群にご飯が美味《おい》しくて、しかも夕方なら駐車場から見る山並みの景色は最高だって。

キュウさんって、ちょっと不思議な人だ。

直接には一回しか会ったことないし、もう六十近いおじさんなんだけど、カッコいいんだ。カッコよくて、なんかただの運転手じゃないような気がする。きっと昔は別の仕事をしていたんじゃないかな。たぶん、私なんかにはまるでできないような、スゴイ仕事。そこでバリバリスゴイことやっていたんだけど、そこから抜けてきたような人。そんな雰囲《ふんい》気《き》を持っているおじさん。

また会えたら嬉しいなって思っているんだけど、私はここを走ることがなかったし会社も違うから全然会う機会がない。

このルートを走る仕事が増えたらいいな。そうしたら、キュウさんに会えるかも。

でも、確かに言われていたようにここの道路はいい。良い感じ。

もうすぐ夕暮れになっていく山の景色は確かにキレイだし、なんたってすっごく道が走りやすい。

なんだろう。ちょっとだけ普通の道路より道幅は広いのかな。そしてカーブの曲がり具合なんかもとてもいい。

曲がりやすいんじゃなくて、運転技術を必要とさせる絶妙の曲がり具合なんだ。それこそ眠っていても曲がっていけるカーブじゃなくて、それなりのスピードが出ているからきっちり神経を使わなきゃ曲がれないけれど、でも神経を磨《す》り減らすほどでもないって感じ。あれだね、プロ野球のバリバリのエースピッチャーが高校野球の打者を相手にするようなもんじゃないかなきっと。楽しいって思いながらずっと運転してられる道だ。

（あ、あれだ）

見えた。キュウさんが言ってた食堂。

〈国道食堂〉。

本当にそんな名前なんだ。何でも本当は〈ルート517〉って名前なんだけど、皆が〈国道食堂〉って言い出してそのままそれが本当の店名みたいになっちゃったって。微妙に古くさいネオンの看板がとてもよく似合ってると思う。

砂利《じゃり》を敷《し》いただけのだだっ広い駐車場に、木造二階建てのまるで倉庫か大昔の学校のような建物だって言ってたけど、それも本当だった。

（いい雰囲気）

大昔は小学校だったんだよって言われても信じる。駐車場は、空《あ》いてる。まだ晩ご飯には少し早いもんね。

キュウさんに言われた通りに、山に向かって頭を回して停《と》めた。

うん、良い感じ。沈み始めた夕陽が山並みに掛かって、向こうの集落全体がまるで黄金《こがね》色に染め上げられていく雰囲気。

いいな。私は、生まれも育ちも東京だったけど実はほとんど埼玉ってところで、川っぺりで周《まわ》りには田んぼとかあって、ここの風景とほとんどおんなじようなもんだった。だから、都会よりもこういう風景の方が、落ち着く。

「ねー、実穂《みほ》」

貼《は》ってある実穂の写真に向かって、言う。

「今度実穂も一緒に見ようね。ここの景色」

まだ五歳の私の娘。

私の命よりも大事な娘。

私の命より大切だけど、私が死んじゃったら実穂が泣くからまだ命を捨てるわけにはいかない。

「ママ少し早いけど先に晩ご飯食べるからねー」

おばあちゃんと一緒に、おばあちゃんの作る美味しい晩ご飯をたくさん食べてね。ママ、明日の朝には帰れるから。


木の引き戸を開けると、中も本当に学校みたいな感じだった。大きな窓に、白いカーテン。ほとんど全部が木造。木造り。これ本当に建物も古いんだね。窓枠も窓も木だけど、あ、サッシになっているところもあるのか。壁に漆喰《しっくい》を使っているところもあるんだね。その時代時代で少しずつ改築していったって感じかな。

「はい、いらっしゃーい」

白衣を着たおじいちゃんがニコニコしながら言った。

おじいちゃんが、ここのウエイターさんなのか。けっこう広い店の中にはお客さんは少しだけ。のんびりした空気が流れている。

「どこでも空いてるところにどうぞー」

わ、本当だ。

本当に、店の奥にリングがある。

プロレスかボクシングの試合で使うような本物のリング。たぶん本物。いや偽物のリングってあるのかどうかも知らないけど。

この眼で見たのは初めてだ。まさかって思っていたけど、本当にあるんだ。

リングのある食堂。

「あれ？　見たことあるな」

ふらふらと奥の方へ行こうと思ったら、通り過ぎようと思ったテーブルで、何かの定食を食べていたおじさんに声を掛けられた。

くたびれた野球帽を被《かぶ》っている、雰囲気もくたびれている赤ら顔のおじさん。

「あ」

私も見たことある。

「アカツキんところの嬢ちゃんだよな？　あれだ、蘭子《らんこ》ちゃんだ」

思い出した。シマさん。

「そうです。蘭子です」

おおそうだそうだって、嬉しそうに笑ってくれた。

「いや久しぶりだな。座れ座れ。俺《おれ》んところでよければ座れ」

「あ、じゃあ」

　シマさん、ちょっと見た目はいかにもスケベそうなジジイっぽいけど、人は見かけによらないっていうのをそのまんま表した人。とっても親切で優しくていい人なんだ。そして家族を大事にするおじいちゃんなんだ。

「なんだよ嬉しいな。蘭子ちゃんは、こっちは走ってなかったんでないか？」

「うん、今回新規で走らせてもらって」

「そうかよ。ここは知らないで来たのか？」

「はーい、先にこっちのおじいちゃんの相手をしてねー。注文決まったら呼んでねー」

　白衣のおじいちゃんが水を持ってきてくれて、テーブルに置きながら笑った。シマさんと笑い合ってるから、シマさんはここの常連さんなんだな。

「ここはな、何でも旨《うま》いぜ。初めて来たんなら、まずはギョーザ食っとけギョーザ定食。旨いから」

　ギョーザ、いい。

　食べたかった。

「じゃあ、ギョーザ定食で」

「あいよー」

「おう、金一《きんいち》さん。俺のおごりで蘭子ちゃんにザンギ付けてやってくれザンギ。ここのザンギも最高だからさ」

「あいよー」

ザンギ、って、北海道の唐揚げだっけ。

「いいの？」

「いいって。唐揚げ嫌いか？」

「大好き」

「久しぶりに蘭子ちゃんの顔見れて嬉しいんだよ。あれだ、娘さん元気か？　なんたっけ」

「実穂です」

「そうそう、実るに稲穂の実穂ちゃんだよ。いくつになった？」

「五歳になったの」

五歳か！　ってシマさんが箸《はし》を置きながら頷《うなず》いた。

「前に聞いたときには確か二歳だったからな。蘭子ちゃんと会うのは三年ぶりってわけだ」

同じ会社でもなく、同じルートにも入っていないドライバー同士は、何年ぶりかでバッタリどこかの飯屋で会うことって、よくあるんだ。大型トラックを停められるお店って、決まっているからね。

「ここは誰《だれ》に聞いた？」

「キュウさん。山田久一《やまだひさかず》さん」

「あぁキュウの野郎か。リング、珍しそうに見てたけど、あれがあるのは聞いてなかったのか？」

「聞いてたけど、まさか本当にこんな本物があるとは思ってなくて」

ここはな、ってシマさんがひょいと厨房《ちゅうぼう》の方を指差した。

「元プロレスラーの本橋十一《もとはしじゅういち》ってのがやってんだよ。蘭子ちゃんは知らねぇだろうけどよ」

「プロレスラー」

そういえば、厨房で元気そうに何か調理している男の人がいる。本当にガタイが良くて、それでいて笑顔がとても人が良さそうで。あの人がそうなんだ。プロレスには全然興味がないから確かに知らないけど。

「それで、リングが？」

「そうそう。週末はな、いっつも何かしらリングの上でやってるよ。プロレスだったり、ライブってのか？　音楽やったり、あと演劇なんかもな」

　演劇。リングの上で演劇なんかできるんだ。そうか、リングの上がステージって考えたらできるのか。

「あれよ。こないだこっから俳優になった奴《やつ》が出たんだぞ。それも知らねぇか」

「え、知らない。誰？」

「二方一《ふたかたはじめ》っての」

「えっ！　そうなの？」

　びっくり。二方一。

「あれでしょ？『アウトサイダー』って、高校の教師なのに生徒を守るのに人殺しもしちゃうドラマでデビューした」

　そうそう、それよ、ってシマさんが笑った。

「シマさん、二方一を知ってるの？」

「だから、ここであいつは一人芝居やったのよ。顔見知りよ。あのドラマはおもしろかったよな。滅多《めった》にドラマなんか観ない俺もさ、あいつが出るってんならって観てよ。主人公じゃなかったけど、いい役だったよなぁ」

「そしていきなり『武蔵』って映画で佐々木小次郎をやるんでしょ今度！」

なんだよ、って笑った。

「よく知ってんじゃん」

「だってファンになっちゃったんだもん」

二方一さん。

すっごく端整《たんせい》な顔立ちなのに、笑ったら可愛《かわい》くて、でもどこか陰があって。ゼッタイに若い子からおばさんにまでモテるタイプだと思う。ここで、こんなところって言ったら悪いけど、演劇やったって。

「はーい、おまちどー。ギョーザ定食ねー。ザンギはもうちょい待っててねー」

おじいちゃんがニコニコしながら料理を持ってきてくれた。

「わ」

本当に美味しそうだ。美味しい料理って見ただけでわかるよね。これは美味しいやつだ！　って。

「二方くんのファンなのぉ？」

おじいちゃんが訊《き》いてきた。聞こえてたのね。

「ファンになりました！　ここで演劇やったんですって？」

そうなんだよぉ、っておじいちゃんが嬉しそうに頷いた。

「彼の俳優デビューは、このリングだよぉ。たまに顔出しに来るからねぇ。ここの常連になってくれたらいつか会えるかもねぇ」

本当に？

うわ、真面目《まじめ》にこっちのルートに変更してもらえないか頼もうかな。でもそうすると家に帰るのがちょっとキツイもんね。それは無理か。

「おっと、俺は行くわ」

シマさんが時計を見て立ち上がった。

「あ、ザンギごちそうさまです。気をつけて」

「おう。蘭子ちゃんも頑張れよ。可愛い娘のために」

「うん。ありがと」

シマさんに手を振って、箸を取ってギョーザをまずパクリ。

「うわ」

本当に美味しい。

（なんだこれ）

野菜がたっぷり入っている。でもきっとニンニクは入っていない。何だろうこの美味しい甘さは。そして何よりもお味噌汁《みそしる》が美味しい。あんまり味わったことのないお味噌を使

って る感じ。合わせ味噌かな。

「ほい、お待たせザンギ一人前。シマさんの奢《おご》りな。ちゃんと払っていったから」

元プロレスラーの人が持ってきてくれた。本当にガタイがいいんだ。圧力がスゴイ。そしてなんかこの人いい匂《にお》いがする。お料理の匂い？

「どうも」

すっごくいい笑顔の人だ。この人が、昔はリングの上で闘《たたか》っていたんだ。

「トラックドライバーなんだって？」

「そうです」

「昔に比べたら増えたけど、やっぱりまだ珍しいよな女性は」

こくん、って頷いた。

「うちの常連さんには女性ドライバーはいないんだよなぁ。繋《つな》がりとかあるんだろ？」

「ありますね。滅多に会えないけど、ＬＩＮＥとかでよく話したりしますよ」

そうなんだ。女性ドライバー同士は、すぐに繋がっていく。

「旨かったら、皆に教えといてくれよ。〈国道食堂〉は旨いぞって」

もちろん、って頷いておいた。こんな美味しいお店は、教えたい。でもここって車でしか来られないから、普通の人はあんまり来ないだろうなぁ。この道も本当に用事がなければば通らないところだし。

二方一が来る店だって教えたら、女性ファンが殺到するかも。でも、そんなことしない方がいいんだろうなこのお店。

今後ともよろしくなって手を振って厨房に戻っていく元プロレスラーの人。なんだっけ、十一さんか。ちょっとおもしろい名前。

あれ、でも、二方一さんも、漢数字が入った名前だよね。あ、ウエイターのおじいちゃん、シマさんは〈さんいちさん〉って呼んでたよね。金一さん？　それも数字の一が入ってるね。そういえばここを教えてくれたキュウさんも、山田久一で一が入ってる。

何かしら。偶然にしちゃおもしろい。

十一さんが厨房に戻っていったら、女の人がお店に入ってきた。そのまま厨房に向かっていくから、従業員の人かなって思って見ていた。

顔が、見えた。

思わず、声が出るところだった。

あの人。

あの女の人。

和美《かずみ》さん。

加藤《かとう》和美さん。

え、どうして和美さんがこの店に？

びっくりして、さっき口に入れたはずのザンギがどこにもなかった。

厨房に入った十一さんと、カウンター越しに笑顔で話している。何か、ビニール袋を渡している。二人の間の親密さが伝わってきた。

店の主人と従業員って感じじゃない。

明らかに、親しい男女。

和美さん。

私の、義姉だった人。

☆

東京の端《はし》っこの小さな家で、私たち家族は普通の家族として暮らしていた。家は、本当に小さかった。おじいちゃんが建てた小さな家は、おじいちゃんとおばあちゃんが死んじゃってそのままお父さんの家になっていた。

一階は居間と台所とお風呂《ふろ》と座敷。二階は六畳と四畳半の部屋。それだけの家。手を伸ばしたらどこにでも届きそうな家。

お父さんとお母さんと、兄と私。

四人家族。

五歳上の兄のそれが、いつわかったのかは私は知らない。

小さい頃《ころ》は、普通の兄だったと思う。そんなに仲良くもなかった。兄を慕《した》ってもいなかったけど、別に嫌いでもなかった。

一緒にお風呂に入ったこともあっただろうし、一緒に寝ていたこともあったはず。だから、普通だったと思う。ごく普通の兄妹《きょうだい》。

ケンカしたこともあったはずだけど、兄がひどく暴力を振るうとかもなかったはず。少なくとも私は記憶していない。

少し変だなって思ったのは、私が小学校六年生のときだから、兄は高校二年生になっていたとき。

兄は、頭が良かった。そして身体《からだ》も大きかった。確か高校のときにはもう百八十センチを超えていたはずだ。だからといってスポーツが得意なわけじゃなかったけど、小さい頃には空手を習っていたからそれなりに腕力も強かったはずだ。

妹だから、普段一緒にいるから何とも思っていなかったけれど、知らない人から見たら少し威圧感を感じるような人だったかもしれない。

勉強はいつもトップクラスで、眼鏡を掛けて、常に真面目な顔をしていて、それでいて身体が大きい。

鳶《とんび》が鷹《たか》を生んだ、って言われていたそうだ。

父も母も、そういうふうに言うのは人としてどうかと思うけれども、大人《おとな》になって人の親になった今はつくづく思う。

ダメな人だって。

悪態はつきたくないけど、そうなんだ。

父は小さな会社の事務員で、母は専業主婦だけどずっとパートをしていた。冴《さ》えない人だ。お金が全てではないし職業に貴賤《きせん》はないけれども、父も母も冴えない人でうちはいつも貧乏だった。

貧乏って言ってもちゃんと生活はしていけたんだから、そこで父や母を責めたりはしないけれど。

少なくとも、兄をあんな人にして放置しているのは、ダメな人だ。ダメな親だ。

私は全然知らなかったけど、兄が高二のときに事件が起きたそうだ。

兄が付き合っていた女の子が、怪我をしたそうだ。その怪我が、兄が暴力を振るったせいだとか。

　女の子に、手を上げたんだ。

　どういう状況でどうなったのかは、よくわからない。小学生だった私にそんなのを聞かせたくなかったんだろう。父も母も私には何も言わなかった。

　女の子の怪我は命にかかわるような大したものでもなかったようだし、その話の後も学校も普通に通っていたからそうだったんだろうと思う。向こうの親との話し合いも、たぶん穏便《おんびん》に済んだのだろう。

　でも、その頃から私は兄が変わったと感じるようになった。

　明るくなったのだ。

　そして私に、ことさら優しく接するようになった。妹思いのいい兄のような顔をするようになった。

　そう、そういう顔をしているんだ、と、感じたんだ。

　父も母も安心していたのかもしれない。思春期とか反抗期とか、そういうのが終わって優しい男になったのだろうと思っていた。たぶん、そう。

　でも違うと私は思っていた。

　この人は、自分の中にある何かに気づいたんだって。

それを使い分けることができるようになったんだって。何かっていうのをうまく表現できないけれど、二面性のようなもの。それはきっと人間だったら誰もが抱《かか》えているような、正と負、光と影のようなもの。

兄はきっとあのときに、自分というものを知ったんだ。そしてそれを人にうるさく言われないように普段は隠すことを覚えたんだと。

ぼんやりとだけど、私はそう思った。

そして、兄妹であるというところだけで、そこ以外は兄とは離れていようと考えた。この人に近づいてはいけないって。

それがはっきりしたのは、兄の結婚だ。

もう十年も前のこと。私は高校を出てすぐに就職して家を出て一人暮らしをしていた。母からそれを知らされて、あの兄と結婚するような女性がいたのかって驚いた。

でも、ひょっとしたら兄も年を取って丸くなったのかもしれないって思った。人間的に成長したのかもしれないとも考えた。

そうでなければ、結婚に踏み切る女性など現れないだろうと。

結婚するってことは、当然のように男と女の関係になって長年付き合った結果だろう。

何もかもさらけ出したところでこの人とずっといようって決めるのだから、大丈夫なんだろうと。

和美さんに初めて会ったときに、安心した。

優しそうで、そして聡明《そうめい》そうな女の人。この人が兄を選んだのなら大丈夫なんじゃないかって。きっと兄は、変わったのだ。もしくは成長したのだ。この人と一緒になって明るい家庭を築いて、私にはカワイイ甥《おい》っ子か姪《めい》っ子ができるんじゃないかって。

期待した。嬉しくなった。初めて兄を、兄なんだと思える気がした。

でも。

兄の、和美さんへのＤＶが発覚したのは、結婚して一年半後。和美さんが、逃げたのだ。兄の暴力から、逃げ出した。

しかも、足を骨折しながら。

私は気づいてあげられなかった。新婚家庭に一度だけお邪魔したことがあった。そのときには、本当に、まるで何も気づかなかった。

それは和美さんが必死で隠していたからだ。兄のことを愛していたから。きっと何とかなるって思っていたから。

でも、ダメだったんだ。

私の兄は、クズ人間だ。自分の妻をまるで奴隷のように扱《あつか》う人だった。自分の買った持ち物で何をしても自由だって考えるような人だった。

それを、父も母も止められなかった。

逃げた和美さんが妻としてダメだったと考えるような人たちだった。

だから私も、遠く離れた。

結婚しても子供が生まれてもあの人が事故で死んでも、一切知らせなかった。一人で、ううん、お義母《かあ》さんと生きてきた。

☆

「和美さん」

和美さんが、私の方を見た。誰か知り合いが店にいたのかしら、って感じで軽く。

次の瞬間に、本当に驚いた顔をした。

声が出なかった。

「蘭子ちゃん?」

私の名前を小さく呼んで、笑顔になって、でもその笑顔は一瞬ですぐに周りを見るように視線を泳がせたけどすぐに何かに気づいたように、また笑顔になった。

小走りに、近づいてきてくれた。

「蘭子ちゃん！」

「和美さん」

十年？　それぐらいぶりに会う、義姉。

ううん、元義姉。

兄の、妻だった人。

兄のＤＶで骨を折るような怪我をした人。心も身体も傷つけられて、逃げるようにして兄から離れて、ようやく離婚できた人。

離婚届に判子を捺《お》させたのは、私。

私は、和美さんが大好きだった。

カワイイ妹ができて嬉しいって言ってくれた。好きだったアイドルの話を何時間もした。ドラマや映画の好みが合った。

二人だけで一緒にご飯を食べに行ったし、カワイイＴシャツとパンツを誕生日に買ってくれた。美味しいジャムを作ってくれたし、風邪をひいたときには心配してお見舞いにも来てくれた。

ずっと、義姉と義妹でいたかった。

二人で、それぞれの子供たちを、いとこ同士を仲良く育てて一緒に旅行とかも行きたかった。

それなのに。

和美さんが、何か言いかけたから、まず、言った。

「大丈夫。私一人だから。たまたまここに来たの。あいつはいないし、会ってもいないし、関係ないから」

和美さんを安心させるように言った。さっき一瞬だけ視線を泳がせたのは、兄がいるんじゃないかって思ってしまったんだと思う。

和美さんは、うん、って頷いて、微笑《ほほえ》んだ。少し悲しそうな微笑み。それはそんなふうに心配しながらじゃないと会えないことを思ったんだ。

「元気？　蘭子ちゃん、きれいになった！　大人の女性になったね！」

「和美さんこそ」

もう三十代後半、四十に手が届くはず。でも、生活に疲れたような雰囲気はない。ＤＶ夫から逃げ出して逃亡生活を送ったようにも見えない。

「え、でも」

和美さんがちらっと外を見た。

「ここには車でしか来られないけど、今日は？　一人？　どこかへ行くの？」

「彼女はトラックドライバーだぜ」

十一さんだ。ニコニコしながら厨房から出てきた。

「知り合いだったのか？　和美さんの」

十一さんが和美さんを呼ぶその声に、特別な親しみがこもっている気がした。

ひょっとしたら、この二人は。

だとしたら、教えておかないと。

兄のことを。

気をつけてって。

離婚届に判子を捺させたときの兄の顔を、私は一生忘れない。あの兄は、きっと今も和美さんのことを自分のものだって思ってる。

離婚した今も。

2nd season

加藤和美

三十八歳　保険外交員

お見合い、なんて言葉は私の辞書にはなかった。

なんて古くさい言い回しをしなくても、本当に〈自分がお見合いをする〉なんていう考えはこれっぽっちもなかった。

確かに私はもう四十近いおばさんだし昭和生まれではあるんだけれど、私の周《まわ》りでお見合いで結婚した人なんか、誰《だれ》一人いなかった。せいぜいが合コンかな。

そして、もう結婚する気はまったくなかった。

それなのに、私にお見合いを勧《すす》めてきた人がいたのだ。

私の保険のお客様である賀川《かがわ》ふさ子さんとみさ子さんの双子の姉妹。

双子の姉妹、って聞いて絵面を考えてしまうと、頭の中には比較的若いイメージが浮かんでくるけれども、お二人は七十歳になる。あ、もうすぐ誕生日のはずだから七十一歳だ。

七十一歳になる姉妹が、今も仲良く二人で田舎の一軒家で暮らしているというのは、なかなかドラマっぽいものを想像してしまう。きっと小説家なら、その設定だけでいろんな物語を紡《つむ》いでいけるんじゃないだろうか。マンガ家さんなら楽しいマンガを描《えが》いていけるような気がする。

お二人が私のお客様になってくれたのは偶然というか、単純にお隣に住んでいた西川《にしかわ》さんが保険に入ってくれていたからだ。

気に入ってずっと乗っているワゴン車で国道五一七号線を走って、その向かい側の郡《こおり》山川《やまがわ》を渡ったところにある錦織《にしきおり》の西川さんのお宅まで。

お家《うち》に上がらせてもらって更新した保険の話をしているときにたまたまふさ子さんがやってきて、そしてたまたまガン保険みたいなものを考えていると言われて、すぐさまにお勧めしたのだ。

そうしたら、私のセールストークを大いに気に入ってくれて、姉妹で仲良く保険に入ってくれた。

それが、二年前。

保険のおばちゃん、なんて呼び方があるけれども、おばちゃんの中でも自分は相当に若い方なんだっていうのは、この業界に入ってみて初めてわかる。

保険のおばちゃんは、文字通りベテランのおばちゃんが本当に多いのだ。三十代のおばちゃんなんて、若手も若手。たとえそれが四十に手が届きそうなアラフォーであっても若いって言われるのはなんだかちょっと嬉《うれ》しいけれども、反面やりきれない部分もある。

いいお客様は、つまりたくさんの条件の良い保険に入ってくださっているお客様は、そのベテランのおばちゃんが、五十、六十あたりまえのオバサマたちがガシッと鷲掴《わしづか》みにして放さないっていうのがあるの。

それはもちろん長年の営業活動による成果って部分もあるのだけれど、代々にわたって気に入った外交員に受け継がれていく場合も多い。

自分がこの会社を辞めるときに私のお客様はあなたに全部引き継ぐからね、頑張ってねって感じだ。

もちろんその会社によってもいろいろあるのだろうけど、私のところの支店はそれが慣習になっているみたいだ。

お客様を増やすのには、自分の営業成績を上げるのには、一人で暮らしていけるお金を稼《かせ》ぐためには営業活動は欠かせないけれども、顔の広さというのもすごく重要になる。その点、私の顔は狭かった。

この辺《へん》の地元の人間でもないので地縁は何一つなかった。

かといって、昔の同級生とか友人に声を掛けることも憚《はばか》られた。ましてや仲の良い友人たちには絶対にお願いはできなかった。

もしも声を掛けて、今どこにいるとか、どうしているとか訊《き》かれても、そういう話はできないからだった。

私の居場所は、そういうものは、今も誰にも知らせていない。親にさえも教えていない。

あの人に、もしも居場所を知られてしまったら、という不安と恐怖が付きまとうから。

元の、夫に。

☆

出会ったのは、大学だった。同じ大学の学生として。

学部が違ってキャンパスも別の場所にあったのでまったく交流はなかったのだけど、たまたま友人の応援に出かけたバスケットの試合会場である体育館で出会ったんだ。

彼も、友人の応援に来ていたのだ。試合が終わったあとに、そのまま十四、五人の団体で打ち上げの居酒屋に行って、たまたま近くに座った彼と初対面の挨拶《あいさつ》をした。

第一印象は、愛想《あいそ》はいいけどきっと外面《そとづら》だけなんだろうな、というものだった。顔は笑顔になっているけれど、眼がちっとも笑っていなかったからだ。何故《なぜ》かそういうふうに感じてしまった。

普通ならそれで第一印象は悪くなるものだろうけど、それほど気にもならなかった。たぶん、大して来たくもなかったのだけど、友達付き合いってものをちゃんとしなきゃな、って感じで来たのだろうと思ったから。

私も、そうだったから。

どっちかと言えば私も人付き合いは悪い方だった。悪いというよりは、一人でいることの方が気楽な性質だった。人嫌いってわけでもないのだけれど、他人と付き合っているときに必要以上に愛想良くなってしまう自分に疲れてしまうことが多かったからだ。

たぶん、同じタイプの人なんだろうな、と、初対面のときに感じた。

だから、連絡先を交換したのも、同じタイプだったら、もしもこの先に会ったとしても、それほど疲れないで済むんじゃないかって思ったから。

何よりも、彼は身長が高かった。

私は百七十センチあって、顔は全然普通なのにモデル並みの身長であることにものすごくコンプレックスがあって、隣に並ぶ男性には自分より背が高くあってほしいとずっと昔から思っていたからだ。

後日、お互いのキャンパスを案内し合って、そこから付き合いが始まっていった。

大した美男美女でもなく、ごくごく普通の見栄えだったけど、身長百八十五センチと百七十センチの私たちはそれなりに目立っていたみたいだった。すぐに、友人たちの間からも付き合ってるの？　と話題になり、まだ恋愛感情もなく、単に気楽だからということで何度かデートを重《かさ》ねるうちに、何か勘違いしちゃったのかもしれない。

この人のことが好きなんだと。

勘違いから始まったんだとしても、学生時代の彼はいい人だった。相変わらず愛想はいいのに眼は笑っていなかったけれど、優しかった。

わりと男らしい強引さもあったし、手先が器用で料理なども自分でやっていた。実家にいた頃《ころ》はまるでやっていなかったけれど、大学に入って一人暮らしを始めてから自分で勉強したんだそうだ。

部屋も、きちんと整頓《せいとん》されていた。いつ行っても掃除がしてあった。そういうことも全部一人暮らしを始めてからちゃんとやろうと決めてやっていたそうだ。

真面目《まじめ》で、優しくて、自炊もきちんとして、もちろん勉強もしていた。将来は貿易の仕事がしたいので商社狙《ねら》いだと、目標もはっきりしていた。

いい人なんだと、思っていた。二人きりになったときに愛想の良さが急に薄くなることがあっても、虫が嫌いで動物も苦手だったとしても、些細《ささい》なことだって思えた。

だから、結婚したのだ。

大学を卒業して、就職して、彼も仕事に慣れて自信がついた頃を見計らって。私も保険会社のＯＬとしての仕事が一回りした頃に。

間違いだった。

人生最大の失敗。

思えば、恋人同士でいるうちに、恋人として過ごす毎日の中で微《かす》かだけど兆候《ちょうこう》はあったのだ。私が恋というものに眼がくらんでいなければ、気づけたはずなのに。

あるいは喧嘩《けんか》でもしていれば。

そうなんだ。

恋人であった時代に喧嘩はほとんどしたことがなかった。それはお互いに一人の方が気楽という性質が関係していたと思う。喧嘩するぐらいだったら付き合わない方がいい、と思ってしまうから、喧嘩しないのだ。

お互いに嫌な部分を見そうだったり、擦《す》れ違いそうな部分があったなら、そこを本能的に避けて通ってしまう。どうしてそういうことを言うの？　とか、どうしてそうなの？　などという言葉を発しそうになる手前でそれぞれが引いてしまうのだ。

だから、喧嘩をしなかった。

それは、人によっては長所になると思う。お互いにそういうことに気づいて、不平や不満を自分自身で解決していれば、できるのなら、未来永劫《みらいえいごう》ぶつかりあうこともなく穏やかな生活を送れていたと思う。

そういう夫婦もいると思う。

でも、恋人でいるうちに喧嘩をしておけば良かった。本音でぶつかりあっておけば良かった。一度でもそうしていれば、彼のもうひとつの顔はどんな男だったのかがわかったはずなのに。

結婚してからでは、全てが遅かった。

最初は、絶対に人には言えないけれど、セックスだった。恋人でいるうちにも荒々しい部分はときどきはあったのだけど、それはある意味での男らしさだと思っていた。

結婚して夫婦になってから、ある日にそれが一方的なものになった。お互いに気持ち良くなろうとする部分などまったくなく、ただ自分の性欲を、征服欲を満たすだけのものになった。それでも最初は許していた。若かったからそれを許容《きょよう》できる体力も気力もあったから。

次は、支配だった。

専業主婦になった私が作る毎日の食事に、細《こま》かく注文をつけるようになった。それでも、何でもいいと言われるよりはずっとマシだったけれど、自分の思うようなものになっていないと、食べなかった。

食べないで、一人で外へ出かけて食べてきた。そこから、おかしいと思うようになった。

そして、口答えをすると、殴ってきた。

何の遠慮もなく、拳《こぶし》で頭を、身体《からだ》を。顔を殴らなかったのが逆に冷静で恐かった。「お前は俺《おれ》の妻だろう。俺のものだろう。何故俺の言うことが聞けないのか」と、静かに言ってきた。

足を折られたのは、彼の部屋にあった木製のバットでだった。

小学生のときに親に買ってもらったバットをずっと持っているのは、そんな人と気づくまでは可愛《かわい》らしいとか、物を大事にするんだなと思っていたのに。

それで、殴ってきたのだ。

怒りに任せてではなく、明らかに、足を折るために。

それは、私が容易に逃げだせないようにしたとしか思えなかった。

入院中に離婚を決めていた。

ただ、彼に告げたのは退院してから二ヶ月後だった。ちゃんと自分の足で歩けるようになってからの方がいいって考えたから。そうじゃなきゃ、走って逃げることもできないだろうから。

ただ、嫌なことばかりじゃなかった。

入院中にお見舞いに何度も来てくれた、義妹の蘭子《らんこ》ちゃん。

五歳違いの彼女は私のことを本当に慕ってくれた。お姉さんができて嬉しいんだと何度も言ってくれた。何度も一緒に食事をして何時間も好きなアイドルやアーティストの話をしたり、二人で近くの温泉に行ったりもした。

気が合ったんだ。

そして、怪我をした私に、その原因に、何も言わずに気づいたのは、蘭子ちゃんだけだった。

「兄貴がやったんじゃないの？」

心配そうに、そしてその瞳《ひとみ》の中に怒りを滲《にじ》ませながら彼女がそう言ってくれたのだ。離婚に応じない彼に、身内として真正面からぶつかっていってくれたのも蘭子ちゃんだけだった。

もちろん、妹が何を言おうと彼には少しもこたえた様子はなかったのだけど。

逃げるように言ってくれたのも、蘭子ちゃんだった。

兄はおかしい、と。人間としておかしいから私がどんな正論をぶつけてもダメだから逃げるしかないって。自分の親もあてにはならない。離婚届へのハンコは死んでも私が捺《お》させて、役所へ持っていくからって。

自分も、もう家族とは一切かかわりなく暮らしていくつもりだからって。

そしてそのときには、絶対に居場所は、私にさえも教えないで、とも言ってくれた。自分から兄に漏れることさえも避けたいからって。

可愛い妹になってくれた蘭子ちゃんともう会えなくなるのは淋《さび》しかったけれども、そうするしかないって決めていた。

☆

正確には、正式に離婚できてからは八年と少しなのだけど、十年ぐらい独身です、と、ふさ子さんとみさ子さんには伝えた。バツイチなんですよ、と。

新しいガン保険に入ってもらえて、サインをして正式に契約できてホッとしていたときだ。

「あたしもなのよ」

ふさ子さんが言うと、みさ子さんがそうそう、と頷《うなず》いた。一瞬、何て返せば良いのか迷ってしまった。

ふさ子さんだけですか？　って訊きたくなったけどそれはちょっと失礼だと思っていたら、ふさ子さんが言ってくれた。

「あたしだけね。この人は未婚なのよ」

「あ、そうなのですね」

「おまけにこの年まで処女よ処女」

それもジョークなんだか本当なんだかわからない。かっかっか、とふさ子さんもみさ子さんも笑うのだ。

大体この二人は、実際にこうして並んで見比べないと、双子とわからないんだ。いえ、並ぶととってもよく似てる！　と気づけるんだけど、バラバラでいると双子と気づけない。顔全体の印象が薄いのか、あるいは、ひょっとしたら、本当に失礼な言い方だけど〈どこにでもいそうなおばあちゃん〉の顔をしているのか。

「来たことある？　〈国道食堂〉」

それは、お二人の職場だ。橋を渡ったところの、国道五一七号線沿いにある食堂。ドライブインか。

　でも、食堂っていうのがぴったり来る木造の建物。もちろん国道を走っているときに眼には入っているんだけど、今まで食べに行ったことはなかった。

「ないんですよ」

「今度来てちょうだいよ。毎日二人でいるんだから」

「あ、もう必ず行きます」

「毎日車で走り回ってるんでしょう？　ご飯はどうしているの？」

「お弁当なんですよ」

　それは、本当に。毎日お弁当と言うか、おにぎりを作って車の中で食べている。飲み物は家で作る麦茶を水筒に入れて持っている。

「何せ、稼ぎが悪いもので。節約節約の毎日なんですよ」

　あらまぁ、って二人で顔を顰《しか》める。

「そんなにお給料悪いの？」

「いえ、歩合制なもので」

　それぐらいは、言ってもいい。知ってる人は知ってることだ。保険のおばちゃんはどれだけ契約を持っているかで給料が変わってくる。

「そうぉ。あなた、いい人なのにねぇ」

「美人さんだしねぇ」

「いえいえ。そんな」

「結婚なんてすぐにできそうなのにねぇあたしたちと違って」

ただの茶飲み話。あはは、と笑って済ませていた。それに、ふさ子さんもみさ子さんも、全然悪気はない。いい人だっていうのは伝わってくる。そうやって女同士で話しているのが楽しくなってくる人だった。

「そうだ」

ぽん、と、ふさ子さんが手を叩《たた》いた。

「ねぇ、お店に来たときにね」

「はい」

「お見合いしない？」

「お、お見合い、ですか？」

本気で驚いてしまった。

「私がですか？」

「そうよ。あなたよ。一度は結婚したんだから、まるっきり結婚する気がなかったわけじゃないんでしょう？」

今はまったくないのだけれど、確かに以前は結婚をして幸せな家庭を築きたいとは思っていたんだから、頷いてしまった。

「それはまぁ、そうなのですけれど」

「あのね」

「プロレスは好き？」

「プロレス？」

話が見えない。

「プロレスですか？」

「そうよ。プロレス。プロレスリング」

眼をパチクリとしてしまった。

「格闘技は、まぁ観る分には嫌いではないですけれど」

それは、本当。必ず観るほどのものではなかったけれど、ボクシングや柔道の試合をテレビでやっていたら、どれどれとチャンネルを合わせるぐらいには好きだった。オリンピックがあったら、柔道は必ず観ていたかもしれない。

「それなら大丈夫ね」

「何が大丈夫なんでしょうか」

「食堂ね。〈国道食堂〉」

「はい」

「あたしたちの店主は、本橋十一《もとはしじゅういち》っていうんだけど、聞いたことない？」

　本橋十一さん。
　十一、という少し変わった名前にどこか覚えがあった。
「プロレスラーだったのよ。引退したんだけど」

「あぁ！　はい！」

　知っていたわけではなく、彼の引退記事をどこかで読んだ記憶があった。

「あ、そうだったのですね？」

「そうなの。十一ちゃんはあそこが実家なのよ。ずっとあそこで育ったの」

「あたしたちも小さい頃から、って言ってもあたしたちと十三しか違わないから、十一ちゃんが生まれたときには」

「あたしたちは十三歳だったわね。中学生よ」

　なるほど。

「え、じゃあ、ひょっとしてずっとお二人ともそこで働いているんですか？　その、十一さんが子供の頃から」

「そうなのよ」

　二人で同時に言った。

「十一ちゃんが小学生の頃から働いているわね」

　そうだったんですか。

「じゃあ、十一さんのご両親がやられていたお店を、十一さんがプロレスラーを引退して継いだという形ですか」

　そうそう、ってまた二人で頷いた。

「さすが保険屋さんね。察《さっ》しがいいわ」

「それでね」

「十一ちゃんはもう五十過ぎ、五十五だったかしら？」

「六よ。五十六。その年でまだ独身なのよ。バツイチでもないのよ」

「まっさらな、独身」

「だからってね。どこかに欠陥があるとかじゃないのよ。そりゃあプロレスラーだったんだから健康な男子よ」

「単純に縁がなかったのよね」

それから二人は十一さんのことをずっと話してくれた。

若い頃はそれはもう体力があるんだから随分《ずいぶん》遊んでいたらしい。でも、隠し子とかは全然いないから安心していい。料理はもちろんできて美味《おい》しいし、炊事洗濯掃除と家事の一切合切は喜んでやる使える男であること。

何よりも、優しい男だってこと。

プロレスラーは闘う男たちだけど、気が優しい男が本当に多いんだって。つまり、本当に強い男は、人に優しくなれるんだと。

「だから、良い子なのよ。もう子じゃない五十過ぎのおっさんだけど」

「おっさんどころか初老よね。孫がいてもいいんだから」

「でも、本当に女には縁がなかったのよね」

「えーと」

いい人なんだということはよくわかった。そして縁がなくて今まで独身だったということも。

「とにかく、一度ご飯を食べに行きますね」

「そうよ」

「奢《おご》るわ」

「心配しなくていいの。賄《まかな》いとして済ませちゃうから」

いつでも、毎日でも食べに来てちょうだいって、ふさ子さんとみさ子さんは何度も何度も念を押した。


十一さんは、本当にプロレスラーだった。

何せ、お店の奥にリングが置いてあったんだ。本物の、プロレスをするリングが〈国道食堂〉に。ふさ子さんとみさ子さんに聞いてはいたんだけど、まさか本当に、本物があるとは思わなかった。

そして、土曜の夜に、プロレス好きの素人が集まって〈プロレス大会〉をやっていたのを観て、わかった。私みたいな素人が見ても、十一さんと他の人の身体《しんたい》能力の差が。身体の頑丈《がんじょう》さというか、その身の内に秘めた熱量の違いが。

プロレスラーは、本当に凄《すご》いってことが。

お見合いというか、ふさ子さんとみさ子さんが私のことを保険の外交員だって紹介してくれて、あんたも何か入ったら？　と勧めてくれた。

十一さんは、ちょうどいいや、って笑ってくれた。

実は今までずっと別の会社の保険に入っていたのだけど、それはプロレスラー時代からのもので、担当もいろいろ代わっているし何だか複雑になっているっぽいので整理したかったと。

「何だったら、全部まとめて加藤《かとう》さんところでやってくれねぇかな？」

それは私としてもとんでもなく嬉しい申し出だった。長い間ずっと同じ保険を続けている人のものをまとめて移行してもらえるのは、本当に営業になるのだ。

誠心誠意、十一さんのこれからの人生のことを考えて、良い保険を考えさせてもらったんだ。

そのためには、十一さんがこれからの人生をどう過ごしていくのか、どうしたいのかをちゃんと考えて、聞かせてもらう必要があった。

保険は、その人のためのものではあるけれども、その人がこの世を去った後に、残された大事な人のためのものでもあるのだから。

営業が終わって明かりを落とした〈国道食堂〉のテーブルで、そういう話をさせてもらった。

十一さんは、苦笑《にがわら》いのようなものを浮かべていた。

「俺は独身だからさ、死んじまった後に誰かに金を残そうと思ったら、それはここを継いでくれる人間にしたいんだよな」

「継いでくれる人」

文字通りの跡継ぎって意味だろうけど。

「どなたか、いらっしゃるんですか？」

ここで働いているのは、申し訳ないけれど、順番通りなら十一さんより早く死んでしまう人ばかりだった。

「いるっていうか、いないっていうか、まぁ何とかしたいっていうか」

男の子がいるそうだ。それは自分の子供じゃないけれど、まだ高校生の男の子。事情があってここで預かっているそうなんだけど。

「そいつがな、いろいろ手伝ってくれるんだけど、こういう仕事も好きだって言い出してさ」

高校を卒業したらちゃんと働きたいって言ってるそうだ。それだったら、将来的にはここを継いでほしいかなとも十一さんは考えている。まだ若いからどうなるかわからないので、本人には言ってないそうだけど。

お見合い、なんて言われちゃったから、つい、聞いてしまった。

「それじゃあ、ご結婚なんかも考えていらっしゃるんですか？」

十一さんは、恥ずかしそうに笑った。その笑顔が、とても可愛らしかった。五十過ぎの男性には失礼かも、だけど。

「まぁ、ご縁があればだけどね」

それから、何度も十一さんと会っている。もちろん保険のお話をしにだけど。契約もしてもらった。もしも、今後結婚されたときにはまたきちんとしましょうって話もしている。

お客様に、なってもらった。

それで、私も〈国道食堂〉のお客になっている。何度も何度も、美味しいご飯を食べている。ふさ子さんとみさ子さんが本当に私の分を賄いってことで済ませちゃっているので申し訳ないと思いながら。

そして、十一さんといろいろ話をしている。

十一さんは、頭の良い人だ。勉強なんかまるでしてこなかったって言っているけれど、生きていくための知恵をたくさん持っている人。

お父さんが殺されたって話も聞いた。その犯人は逃げているってことも。ひょっとしたら、もうこのまま見つからないかもしれないって話も。

そうやって、ふさ子さんとみさ子さんにそれぞれにお見合いなんて聞かされたけれど、実際にはその言葉をお互いに言わないままに、ずっと十一さんと店で会っている。

とても、楽しい時間を過ごしている。

ひょっとしたら、私はもう一度誰かと人生を歩むことを考えてもいいのかなって思っていた。

そんなときに。

本当に驚いたのだけど。

蘭子ちゃんがこの店に来たんだ。

蘭子ちゃんは、トラックドライバーになっていた。

それにも、本当に驚いた。

あの蘭子ちゃんがトラックの運転手に？　って。

2nd season

池野美智

三十四歳

総合商社徳萬　アグリビジネス部一課マネージャー

山並みに沈んでいく夕陽《ゆうひ》。

黄金《こがね》色に染まる山あいの町。

清流も柔らかな光を撥《は》ね返して、その光がまた周りの空気を夕暮れ色に染めていく。

久しぶりに国道五一七号線を走って、郡山川《こおりやまがわ》沿いに見えてくる錦織《にしきおり》の集落を眺《なが》めたけれど、本当に美しいところ。

日本に生まれ育ったから、こういう風景を美しいと思うんだろうか、ってこの間考えたんだけど、そんなことはないわよね。

どこで生まれてどんな育ち方をしても、自然と人間が共存して作り上げてきた風景を美しいと思えるその心根は、人類共通だと思う。

一年ぐらい、イギリスを中心にしてヨーロッパにいたときにも、どうしてこんなにも緑溢《あふ》れる風景を人は愛《め》でるんだろうと実感したから。

その中に息づく人の暮らしがいいと思える。

ロンドンのような都会に暮らしていても、人はいつか自然のものを自分の周りに置こうとする。それは、そもそも人間が大地の恵みで生かされている動物だからだってつくづく思った。

植物が、動物が、この世界にいなければ人間は人間でいられない。もしも、何十年何百年経《た》って完全栄養食品を植物や動物以外のものから作り上げることができて、それだけで人間が暮らしていけるようになったとしたら。

たぶん、それは人間という生き物じゃなくなるんだと思う。ひょっとしたらもう地球も地球というものではなくなるのかもしれない。

そんなことを考えて、私たちのビジネスは何をするのかって、改めて考えていた。

商社は、物を売ってナンボの商売。でも、誰《だれ》かが作った物を売るだけではダメだ。

自分たちが作った物を売る。しかもそれは〈商品〉じゃない。人間の暮らしを〈作る〉こと。

この先何十年どころじゃない。何百年何千年経っても、この地球という素晴らしく美しい住《す》み処《か》で人間が人間らしく暮らしていける物を作る。

それが、新しい商社の役目。

ビジネス。

その暮らしを作るビジネスの第一歩を、この錦織の周辺で始められるかもしれない。その可能性を、ここは秘めている。

（十一《じゅういち》さん、お元気かな）

まるで大型犬が、ゴールデンレトリーバーが喜んだときのような笑顔が浮かぶ。思わず、微笑《ほほえ》んでしまう。

あの人は、元プロレスラーで今はリングのある食堂の主《あるじ》っていうおもしろい経歴もそうだけれど、ただそこにいるだけでどこか人を惹《ひ》きつける魅力を持っている人。

〈国道食堂〉がこんな不便なところでも流行《はや》っているのはもちろん味が良いからなんだろうけど、二方《ふたかた》くんが高校時代、ほとんど面識はなかったのにいきなり学祭の演劇のチラシを渡してしまったのもわかる気がする。

きっと〈国道食堂〉に来るドライバーの皆さんは、十一さんの姿が見たくて寄っていくっていうのもあると思う。彼が笑顔で働いている様子を見たり、軽く声を掛けあうだけでもどこか元気が出てくるんだ。よし、私も頑張ろう、っていう気持ちになるんだ。

だから、きっと〈国道食堂〉は流行っている。

本橋《もとはし》十一さん。

二方くんが〈国道食堂〉で一人芝居をやったときに、高校時代の演劇で私の姿を見てはいたけれど、初めましてだね、って挨拶《あいさつ》された。

でも、実は私は初めましてじゃなかったことは、話していなかった。

二方くんが近所でランニングしていた十一さんを見かけていた高校生の頃《ころ》、私も走っている十一さんたちプロレスラーの皆さんに会ったことがある。

正確には、走っていた途中に。

あれは、高校二年生の春先だったと思う。

☆

（猫？）

猫ちゃんの声がした。

風の音に混じって小さな小さな声が聞こえてきた気がした。

思わずブレーキを掛けて、耳を澄ました。かぼそい、子猫の鳴き声。助けを求めているような、お母《かあ》さん猫を呼んでいるような。

（どこ？）

耳をあっちこっちに向けて、どこかを捜した。

また聞こえた。

間違いなく、子猫の声。

（あそこ？）

小さな駐車場のフェンスの脇《わき》に飲み物の自販機。そこから声がしたような気がする。慌《あわ》てて自転車を押してそこまで行って、道路脇に止めた。

「猫ちゃん？」

聞こえる。にぃ、と鳴く声。でも、姿は見えない。まさか側溝《そっこう》の中だろうかって一瞬身体《からだ》の血が引いた気がした。

地面に這《は》いつくばって、見た。間違いなく下から聞こえたんだけどここの側溝は確かに穴があるけれども、いくらなんでも子猫が落ちるような大きさの穴じゃなかった。落ちてもせいぜいハムスターくらい。

だったら、この自販機の下？

いた。

たぶん、子猫。でも暗くて見えない。何かが居るような気がするけれど。

「猫ちゃん」

呼んだら、動いた。

間違いなく、黒い子猫。足だけ白い。

でも、その白い足が赤くなっている。

（血？）

怪我してる？

「おいで？」

手を入れようにも、入らない。ここに手を入れようと思ったら、本当に地面に寝転がらなきゃならないけれど、それでもムリかも。

「どうした？」

声が上から降ってきて、ビックリして見上げたらそこに黒い大きな影が四つ。大きなごっつい身体のお兄さんたち。

「具合でも悪いのか」

それがひらひらのスーツでも着ていたら逃げ出したかもしれないけれど、皆Tシャツやジャージ姿で、何か運動をやっている人たちだっていうのはすぐにわかった。

「いえ、あの、この下に子猫が」

「ネコ？」

「ちっちゃい子猫で、怪我してるみたいなんです。鳴いているんです」

「おお、どら」

「あ、声してますよ十一さん」

「お、聞こえた」

十一さん？

「どれ、ちょっと見せてみろお嬢さん」

身体の大きい人が地面に顔を思いっきりくっつけて、自販機の下を覗《のぞ》き込んでいる姿がなんかおかしかった。

「いるな。しかしこりゃ腕が入らんな」

「持ち上げますか？」

「これ、転倒防止ガード付いてないっすね。イケますよ」

「警報鳴るんじゃないか？」

「まっすぐ持ち上げれば大丈夫じゃないか？」

男の人たちが口々に言って、あっという間に自販機を取り囲んで。

「お嬢さん、持ち上げるからよ。猫が逃げたら困るから後ろの方、見ててくれよ。前は俺《おれ》たち見てるからよ」

持ち上げるって。

　この自販機を？

　そう思う間もなく、十一さんともう一人の男の人が、自販機の両側で屈《かが》みこんで手を下にいれてまるでタンスでも持ち上げるみたいに「よっ！」って声を出したらひょい、って本当に自販機が持ち上がって、その下に目を真ん丸くした子猫がいて。

「よしっ」

　いちばん細そうな男の人が、おびえていた猫ちゃんをそっと捕《つか》まえた。

「よーし」

　ゆっくり自販機が下《お》ろされた。下ろした音もしないし、警報音も鳴らなかった。いったいこの人たちはって、眼を丸くしてしまった。

　どんなスポーツを。

　重量挙《あ》げ？

「十一さん、マジでケガしてますね」

「血が出てるじゃないか！　お嬢ちゃん、親猫とか、他の子猫は見たかい？」

「見てないです。この子の声だけ聞こえて」

　そっか、って十一さんって人が頷《うなず》いて。

「どうする？　俺らで病院連れてくか？　それともお嬢ちゃんちは猫飼えるか？」

首を横に振ってしまった。

「今は、飼えないんです」

前は飼えたんだけど、今は飼えないマンションに引っ越してしまったから。十一さんは、そうか、って頷いた。

「じゃあ、心配するな。俺らんところには人がいっぱいいるから、誰かかれか飼えるからよ」

「あ、はい」

十一さんが、にっこり笑った。

「じゃあ、病院に連れてくからよ。もう暗くなるから、早く帰んな。それとも塾かなんか か？」

「そうです。これから塾へ」

「気をつけろよ」

そう言って、男の人たちは猫を抱っこしながら、走っていった。ものすごいスピードで。

☆

それが、たぶん、十一さんとの初めましてだった。

たぶん、っていうのは私もちょっと慌てていたしはっきり顔を確認していなかったし、何よりも名前をちゃんと聞いていなかった。
十一、なんて名前があるなんて思えないからきっと聞き間違いだろうって思っていた。
それっきり、その男の人たちに会うこともなかったし、残念ながらプロレスにもまったく興味がなかったから十一さんがプロレスラーだったってことも、十何年経ってから将二《しょうじ》くんから聞かされて初めて知った。

学祭に来てくれていたことも、もちろん知らなかった。

あの子猫のことはもちろんどうなったかなぁ、ってときどき思い出していたけど、あの人たちに拾《ひろ》われたんならきっと大丈夫だって思っていた。

でも、あの二方くんの一人芝居のときに十一さんにお会いして、あ、この人、って突然記憶が甦《よみがえ》ってきた。

猫を助けてくれた人だって。

そのときも聞きそびれたから、後から二方くんに確認してもらったんだけど、十一さんはそのときのことをまったく覚えていなかった。

何でも、あの頃の十一さんのプロレス団体の道場には、猫や犬がたくさんいたそうだ。誰かかれかが捨て猫を拾ってきたり、行き場のない犬をもらってきたりしていて、道場だか犬猫の保護センターだかわからなくなっていたぐらいだったって。

中学生や高校生の女の子から猫を預かったことも何度もあったから、その中の一人だったのかって。覚えてなくてすまないって笑っていたって。

でも、間違いない。

あの自販機を持ち上げて子猫を助けてくれたのは、十一さんたちプロレスラーの皆さんだったんだ。

人の縁って、不思議なものだなぁってつくづく思った。

その人が、巡り巡って二方くんとまた出会って、そしてリングをきっかけにして二方くんは自分の新しい人生を歩み出して。

そうして、私たちはまた新しい出会いを重ねて。

☆

〈国道食堂〉の午後三時は、いちばんお客様が少ない時間帯だって聞いているので、その時間にお邪魔する約束をしていた。

当然、お昼ご飯はほんのちょっとパンを齧《かじ》ったぐらいで車を走らせてきたから、お腹《なか》が空《す》いてしょうがない。

「よぉー」

お店に入った途端に、制服のお巡《まわ》りさんと一緒にテーブルについていた十一さんが手を上げて思いっ切りの笑顔で迎えてくれた。

「どうも、お久しぶりです」

「いやー、美智《みち》ちゃんな。あ、そう呼んでるんだけどいいよな？」

「ええ、ちゃん、なんて年でもないんですけど」

お巡りさんは立ち上がって、少し私を見て笑顔になって。

「あ、お話し中でしたら、どうぞ。私はご飯を食べさせてもらいますので」

十一さんがいやいや、って軽く手を振った。

「パトロールついでにちょいと話していただけさ」

　お巡りさんも、頷いていた。

「それじゃ、そういうことで」

「うん。よろしくな」

　制帽を被《かぶ》り直して、私にも会釈《えしゃく》をしてお巡りさんは出ていった。そういえば駐車場にミニパトが停《と》まっていたっけ。

「近所の、交番のお巡りさんですか？」

「おう、そうだ。二階堂《にかいどう》さんって言ってな。もう何年かな。四年か五年かこっちにいるんじゃなかったかな」

「そうなんですね」

　親しみやすさを感じさせる笑顔のお巡りさんだった。ああいう人が交番勤務でいてくれると、周辺の住民も安心だと思う。

「昼飯食ってないのかい？」

「はい、ここで食べようと思って我慢してきたんです。あ、ちゃんとお客様で。仕事で来たので領収書を切りますから」

「そうかい。じゃあ何にしますかね」

二方くんに聞いていて、絶対に食べようと思っていた。

「ギョーザ定食と、ザンギをお願いします。すいませんが、少なめで」

「あいよ。ハーフサイズね」

十一さんがにっこり笑って厨房《ちゅうぼう》へ歩いていった。あの頃と変わらない大きな身体を揺らせて。

「いらっしゃいませ」

「こんにちは」

本当にまだ高校生みたいな男の子が、お冷《ひや》を持ってきてくれた。

「野中空《のなかそら》くんね」

そうです、ってにっこり笑う。高校は卒業したけれども、本当にまだ幼さが残る顔。

「池野《いけの》美智です。よろしくね」

「はい。二方さんの婚約者の人ですよね？」

はい、って返事をするのはちょっと恥ずかしくて、うん、って頷いた。

婚約者です、なんて返事をすることは、一生に一回あるかないかなんじゃないかしら。

「あ、でも内緒でね」

「わかってます。十一さんにはゼッタイに誰にも言うなよって言われているので」

「ありがとうございます。また後でお話を」

「はい」

お冷を一口飲んだ。店の中にお客様は二人しかいない。二人とももうほとんど食事は終わっているみたいで、マンガを読みながらゆったりしている。

わずか一年で一気に人気俳優に駆け登ってしまった二方くん。

いくらアイドルではなく俳優で年齢も中年とはいっても、新人でいきなり人気が出たのにそこで婚約者がいて近々結婚の予定がある、というのが世間に知られるのはどうか、って私が言ったんだ。

俳優だからって必ず結婚の予定がある、という報告をしなければならないということでもない。だったら、できるだけ知られないようにして、結婚してしまって、もしも知られたらそうですよ、って言えばいいだけではないかしらと。

二方くんも、それはそうだと。所属事務所も三十過ぎの新人にどうこうは言わない。そもそも結婚したぐらいで人気が落ちるなら、それは俳優としての実力が伴っていないということだから、発表しようがしまいが本人に任せるとのこと。

なので、とりあえず二人が付き合っていることはできるだけ秘密にしておく。

「はい、おまちどお。ギョーザ定食とザンギね」

「わ、ありがとうございます」

食べに来たくてもなかなか来られなかった。今日が三回目の訪問。一回目はカレーライスで、二回目は閉店後に来たのでご飯は食べられなかった。

「じゃあ、まずはゆっくり食べてくれよ。後で二方も来るんだよな？」

「はい。きっと七時ぐらいになると思うんですけど」

夜はここに二人で泊まる予定。

その前に、十一さんとはお仕事の話。

総合商社徳萬アグリビジネス部がこれからの日本の、世界のために仕掛ける、新しい仕事の話を、十一さんとする。

美味《おい》しいギョーザとザンギをほんの少し食べさせてもらって、もちろん物足《ものた》りなかったけどまた晩ご飯を二方くんとここで食べることになるから我慢。

でも、本当にここのご飯は美味しい。

自慢じゃないけれども、食文化のひとつでもあるアグリビジネスをずっと手がけている人間として、美味しいものはたくさん食べてきたつもり。ヨーロッパからアジアからアメリカまでいろんな国に行っていろんなものを味わってきたけれど、〈国道食堂〉の料理はどれも美味しい。

十一さんは特別なことは何にもしてないって言うから、本当に基本的なことなんだろうと思う。そこのところは、これからいろいろ勉強させてもらおうと思うけれど。

そして、お客様が途切れている間に、十一さんと差し向かいでお話。

もう事前にきちんと資料を送ってあったし、何度も電話で話していた。これから話が煮詰まっていけば、私はまたここに来て二階に泊まり込ませてもらって、話を進めていくことになるんだけど。

「そういえばなぁ、美智ちゃんさ」

「はい」

「仕事の話をする前にさ、全然違う話をしちゃうんだけどさ」

「あ、どうぞどうぞ」

時間はあります。まだ晩ご飯のお客様も来ない時間帯だし。

十一さんが、にこりと笑った。

「うちのお客さんでな。ものすごいプロレス好きの女の子がいるんだよ」

「女の子ですか」

もちろん格闘技大好きな女性も世の中にはたくさんいるけれども。

「お客さんっていうか、常連さんはカレシの方でさ。農業関係のほら、株式会社ニッタ知ってるよな」

「もちろんです」

国内の農機メーカーとしては最大手と言ってもいいメーカーさん。うちの会社の取引相手でもあります。

「そこのメカニック関係の男がここの常連さんで、部下の女の子をここに連れてきたんだけどさ」

「その女の子がプロレスファン」

「そうそう、で、その女の子のお父さんがまたプロレスファンでな。仲良い親子なんだよ。二人で来てくれたこともあってさ」

お父さんと娘さんが二人でプロレスファンというのはなかなか珍しいと思うし、想像するととても微笑《ほほえ》ましい。

「その子がな、亜由《あゆ》ちゃんてんだけど、上司であるうちの常連さん、篠塚《しのづか》ってんだけどそいつとくっついちゃってさ。晴れて結婚することになったんだよ」

「あら」

上司と部下のカップルだなんて。ありそうなんだけど、実は周りではまったく聞いたことがない。

「それはおめでたいお話ですね。ここが、〈国道食堂〉がきっかけになったってことですよね？」

「そうそう。二方と美智ちゃんみたいにさ」

本当にそう。ここがなかったら、私と二方くんが再び出会うことなんかなかったかもしれない。

「ここのリングで結婚式をしたいって言い出してさ」

「えっ」

リングの上で結婚式。

「それは、楽しそうですけど」

誰の発案なのか。

「いや、もちろん新婦の亜由ちゃんのだよ。何でもさ、亜由ちゃんのお父さんがな、そもそもただのプロレスファンじゃなくて、昔はプロレスラーになりたかったっていう人らしくてさ」

プロレスラーに。

「それじゃあ、お父様のためにというか、お父様をも巻き込んでリングで結婚式をやりたいと？」

「そういうことらしいんだよなぁ」

　嬉しそうに十一さんが微笑んだ。

「でもさ、旨《うま》い料理はいくらでも出せるし、貸し切りにして結婚式はいいんだけどさぁ。なにせこの通りの古くさいところだからな。結婚式みてぇな華やかなことに似合う飾りものとかはどうしようかと思ってさ。何せバージンロード作ってやりたくても赤じゅうたんひとつねぇしさ」

「あぁ」

　そうですね、って頷いた。リングの上での結婚式はシンプルで楽しそうで良いかもしれないけれども、やっぱり周りの環境は必要だ。

「結婚式場じゃないから、マイクひとつないですもんね」

「そうなんだよ。全部好きなようにやってくれと新郎新婦に丸投げすんのも、そもそも住んでるところも近所じゃねぇし、農機メーカーの社員だから結婚式の企画するような連中もいねえらしいからさ。何とかしてやりてぇなぁって思ってんだけどさ」

「お任せください」

　それは、全然大丈夫です。

「我が社には当然イベント担当部署があります。キャンペーンとかもやりますからね。そこからタダでいろいろ持ってきます」

　いやいや、って笑った。

「タダにはしなくてもいいさ。向こうだってちゃんと結婚式の費用は考えているんだ。それは普通に仕事にしてもらっていいんだ。だから、良かったらさ、美智ちゃんちょっと手助けしてくれないかな」

「手助けですか」

「バージンロードはどうするとか、お花をどんなふうに飾ったらいいかとかさ。二方に聞いたら、そういうことにもかなり詳《くわ》しいって聞いたんだけどさ」

「いいですよ。詳しいです」

　全然大丈夫です。できます。

「何だったら、二方と美智ちゃんの結婚式をここでやってもいいなって思ったんだけどさ」

　ちょっと驚いてしまった。

「いやいや、それはこの話を亜由ちゃんから聞いたときに、ちらっと思っただけでさ。別にやってくれってんじゃないからな」

「いえ、実は」

「実は？」

　そうなんです。

「二方くんも言っていたんです。結婚式というか、パーティをここでできたらいいなって。一人芝居を観に来てもらった人たちをお招きして」

「おお、そりゃいいいね」

「でも、まだまだ先の話なので。後で来たら言います。その話が出たって」

　いいねいいいね、って嬉しそうに十一さんは手をすり合わせた。

「もしそうなったら腕を振るって旨いものを出すぜ。あ、ごめんなけっこう話しちまったな。仕事の話をしようか」

「はい」

☆

「なるほどね。古いっちゃ、古い。でも、新しいっちゃ新しい農業と町作りってことなんだよな」

「そういうことなんです」

アグリビジネスは、もちろん農業を中心とする経済活動のことだ。農業でいかに経済を回していって世の中を豊かにするか、ということになる。

私たちはそこに町作りを加える。

今ある町を、農業の食を中心に、誰もがそこで暮らしていける町にする。

「言ってしまえば、新しい形の〈自給自足の暮らし〉を作るんです。自分たちだけが食っていければそれでいい、じゃなくて、町丸ごと、町民全員が職を持って暮らしていける町作り」

「大昔はどこもそうだったんだよな？　今みたいに交通網が発展してない、それこそ大げさかもしれねぇけど江戸時代なんかはさ、そこの町だけで経済活動は回っていて、まぁ飢《き》饉《きん》とかあったら大変だったけどそれがなかったら皆が充分《じゅうぶん》に暮らしていけた」

「そうなんです」

肝《きも》は、そこなんだ。

「江戸時代だって、農家が安定した食材を提供できていればそれを売る八百屋《やおや》もそれを使って食事を提供する食い物屋も、皆がしっかり潤《うるお》って生活できていたはずなんです」

「高望みをしなきゃ、だな。つまり誰かが一人だけ儲《もう》けようなんて考えなきゃ、だ」

「そうです」

そこはひとつの課題。

経済活動である以上は必ずどこかで格差が出てくる。同じシステムの中で暮らしていてその格差が生まれたら、システムが崩壊《ほうかい》する。

だから、崩壊しないシステムを作る。そこが難しいんだけど。

「農家も工場みたいになるんだよな？」

「一部はですね。あくまでも自然農法がメインであることは間違いないんですけど、気候に左右される収穫や収入を極限まで安定させること」

そのために、気象コントロールまでも視野に入れている。現段階ではまだ七割未来の物語だけれども。

「でも、目標はひとつです。町の人全員が、食事にまったく困らない暮らしを作ることです。たとえ町ではなく外で仕事をする親がいたとしても、町で暮らす子供たちは朝ご飯も晩ご飯もちゃんと美味しくて栄養のあるものをずっと食べていける。その経済活動をきちんと町で回していく。その拠点モデルがこの」

「〈国道食堂〉か」

「そうです」

緑豊かな錦織の集落で、食堂は〈国道食堂〉ただひとつ。

そして、奇跡と言ってもいいけれども、錦織ではほとんど全戸の住民が畑や田んぼを持っていて、半分以上は自給自足のような暮らし方をしている。お店で野菜を買うことはあるけれど、そもそもそのお店がバスや車で行かないとない。お米だって、田んぼをやっているところから買うことも多い。一年間で普通のお店で米を買うことは何度もない、って人もいるぐらい。

「だからといって、お年寄りばかりの限界集落でもないのがここの特徴なんです。若い世代もある程度暮らしていて、この自然豊かな暮らしを気に入っている」

「美智ちゃんの会社で考えているそのアグリビジネスのモデルケースには持ってこい、って話なんだよな」

「はい」

もちろんこれは錦織の人たち全員の理解がなければ始められない事業だ。今はほとんど趣味みたいに自分たちでやっている畑や田んぼを、一括して私たちに預けてもらって〈事業〉として成り立たせる。自分たちの仕事にする。それは本当にとんでもないことだけれど、少なくとも安定した収入の基礎にはなる。

「理解して、協力してもらうための一歩として、〈国道食堂〉さんがただの食堂ではなくて、野菜から米から肉から、すべての食材をこの錦織産の食材で賄《まかな》う食堂として始めてもらって」

「なおかつ、集落の人間が食べたいときに朝ご飯から晩ご飯まで提供する〈食事ステーション〉になるってことだよな。つまり錦織の連中は素材を提供して、俺らは料理の腕を提供して、商売にするってことだ」

「はい」

十一さんが、うん、って頷いた。

「確かに今もやってることなんだよ」

「そうなんですよね」

「野菜をもらってるし、米だって買ってるからな。それをちょいとシステムを変えるだけの話だから難しくはねぇんだろうけどな」

そう言って、ちょっとだけ眉間《みけん》に皺《しわ》を寄せた。

「もちろんまだ提案ですし、あの二方くんの縁でこんな話を持ち込んでいますけれど、全然断られてもいいんですよ。話がダメになっても私にまったく不利益はないですし」

「あぁ」

いやいや、って大きな手をひらひらさせた。

「話は気に入ってんだよ。俺もさ、できればこの店をずっと続けていきたいんだ。俺の次の世代、それこそ空が引き継いでくれてもさ。その中でこの話はおもしろいし、俺の故郷でもある錦織がずっとこのまま残ってくれるんなら、めっちゃ大歓迎の話なんだ」

「ありがとうございます。でも、何か不安があるんですね？」

そんな顔をしていたのだけど。

「不安じゃないんだ」

ふむ、って感じで顎《あご》を擦《さす》った。

「俺の親父《おやじ》の話は、二方から聞いたかな？」

「あ、はい」

聞きました。

「あの、殺されてしまったということでしたけれど」

二方くんに聞かされてびっくりしてしまった。フォークで心臓を刺されてしまったって。そしてそのことを、プロレスの反則攻撃と絡めて今ではネタにしてるってことだったけれど。

「そうなんだよね。そして犯人は捕まっていないんだけどさ」

「はい」

それも、聞きました。

「実はさ、犯人、生きていたんだよね。ついこの間まで」

えっ。

二重に驚いてしまった。

この間まで生きていたってことは、今は死んでしまったってことになるんだけど。

「生きてる、ということがわかっていたんですか？」

こくん、って頷いた。

「そこは、二方は話していないだろ？」

聞いていないです。

「知っていたんですか？　二方くんは」

「金一《きんいち》さんがね、話しちゃったんだってさ。まぁそれはいいんだ。でも実はさ、俺も生きていることは知っていたんだけど、死んだことはついこの間、聞かされてさ」

「誰が知っていたんですか？」

「話せば長いんだけど、金一さんがね。ひょんなことから知ったんだ。そしてさ、ちょっと生々しい話だけどさ。お金があるんだ」

「お金、というのは」

「その犯人が、俺に残したお金だね。そいつをさ」

この話のために使えないかなって、十一さんが言った。

2nd season

高幡しずか

三十六歳

ネイチャーフォトグラファー

車で通過しながら見る風景と、歩きながら見る風景はまったく同じ場所でも違うんですよ。

そんなのあたりまえだって思う人と、え、なんで違うの同じ場所なら同じでしょ、って言う人。

人間はその二つに分けられる。

なんてね。

でもね、案外そんな感じだと思うんだ。たとえばこんな山並みを、自然の風景を美しいと感じる人ってそれはそれはたくさんいると思うんだけど、その感じ方がまるで違うんだよね。

風景の写真もそれと同じことが起こるんですよ？

風景の写真を見て美しいって感じる人はわりと普通で、いや普通が悪いわけじゃないんだけど、風景の写真を見てそりゃあ美しいけど、ってどこか違和感っていうか、物足《ものた》りなさを感じる人がいるんです。

これは普通の風景写真だよなって。

ただの風景だなって。

そう、ただの風景写真なんだけど、風景写真を見てもただの風景だってわかってしまう人を、その人をこれは凄《すご》い風景写真だって納得させる写真を撮《と》れたときには、それは本当に凄い写真が撮れたってこと。

自分でもわかるんだ。

これは、凄いものが撮れたって。それがいつでも撮れればいいんだけど、なかなかそうも行かないんだ。どうやればそれが撮れるかっていうのが、本当にいまだにわからない。

たぶんわかる人はいないんだ。

人間の眼って、ずるい。

自然の風景をそのまま見せている。医学的に言えば眼というのはただのレンズで光を透《とう》過《か》させて信号にして脳に伝えて、そして脳が『風景』と判断しているんだろうけど。だから、眼じゃなくて脳が見ているんだろうけど。

ただの写真では脳はごまかせないんだ。

眼で見る風景と同じか、それ以上のものを脳に見せられる風景写真。そういうものを撮らなきゃダメなんだよね。

私はアナログの、紙焼きの写真というものに普通に接して見てきたギリギリの世代なんだけど、デジタルでディスプレイで見る写真と紙焼きの写真の違いというものが、またこれが悩みの種なんだ。

デジタルとディスプレイって凄いんだ。その描写力は紙焼きなんかまるで敵《かな》わない。でも、デジタルカメラで撮った写真を紙焼きにして、ディスプレイに出した写真と比べたときに、ディスプレイの方が凄いって思うかと言えば、これがまた違うんだ。

紙焼きの技術がある。

そこに人間の感性があるんだ。

じゃあアナログカメラとデジタルカメラで寸分違《すんぶんたが》わぬ同じ風景を撮ってそれを比べたらって。

切りがない。

本当に、写真は難しい。デジタルのせいでさらに難しい世界に入ってしまった。それでも、人を感動させる写真というものは、存在するんだ。

それを撮らなきゃ、商売にならない。

「違うね」

ハンドルを右に切って、郡山川《こおりやまがわ》に架かる橋を渡って錦織《にしきおり》の集落へ。

「どんなもんでも撮って、商売にしないとね」

風景写真だけ撮ってそれがお金になるんだったらいいんだけど、ほとんどならないしね。

国道五一七号線を走って向こうに集落が見えてきたときから、もうわくわくしていた。

ここは絶対に素晴らしい風景が撮れるところだって。

自宅の近くの中華料理屋の奥さんが近くの治畑《ちばたけ》市出身で、その人が言っていたんだ。治畑から車で行ったところに錦織っていうところがあるんだけど、そこは山ん中の村みたいなところで、川もキレイだし山並みもキレイだし、たぶんいい写真が撮れるよって。

そんなに期待はしていなかったけど、神奈川方面に来る予定ができたときに寄ってみようって思っていたんだけど。

（これは、当たり）

こんなに美しい山並みに、そしてその山あいに広がる集落って案外初めてかも。

今まで何十ヶ所も日本の田舎と呼ばれる地域に行って写真を撮ってきたけれど、ここは、何ていうか、パーフェクトに近いんじゃない？

（うわ）

山並みだけじゃなくて、家並《やな》みも、いい。

これはたぶん全部の家が昭和の、たぶん四十年とか五十年代に建てられたままの家ばかりだ。その中にそれよりさらに古い時代の木造建築が混じっている。そのバランス加減がいいし、何よりもどの家もちゃんと暮らしている雰囲気《ふんいき》が漂《ただよ》っている。人通りなんてまったくないに等しいけれど、でも、限界集落なんていう感じはまるでない。

「これは、泊まりだよね」

時間がいくらあっても足りないって思う。

今はまだお昼前。天気予報は明日まで晴れで明後日から崩れて雨が降る、だった。最高じゃない。晴れた日の夕暮れから雨の中の様子まで撮れるかもしれない。

でもゼッタイに旅館とかホテルなんかないよね。観光地でもないから民宿もないだろうし。

愛用の白のワンボックスは、オンボロだけどキャンピングカー仕様に改造してある。その気になれば車中泊は全然できるんだけど、なるべくキャンプ地以外での車中泊はしないことにしているんだ。

前に、ひどいめに遭ったことがあるから。

まぁもう若くもないので覗《のぞ》かれるぐらいでぎゃあぎゃあ騒いだりしないし、何だったらカメラの三脚で殴ったら一発で人を殺せるかどうかを試《ため》してやってもいいし、実際それで腕を折ってやった痴漢男もいたけれど。

とにかく、キャンプ地かあるいは高速のサービスエリア以外での車中泊は、もうしないことに決めてる。体力的にも落ちてきているから。

こういうときには、交番があれば訊《き》いてみるのがいちばん早いし、橋を渡ったところに旨《うま》い具合に交番がある。

（駐在所《ちゅうざいしょ》かな？）

たぶんそうだ。ゆっくりと車を駐在所の前に停《と》める。中にいるお巡《まわ》りさんが、こっちを見て出てきた。優しそうなお巡りさんだ。

「すみません」

「はい。どうしました？」

「私、フリーのカメラマンなんですけど」

本当はフォトグラファーって言いたいんだけど、カメラマンの方が通じるんだよね。マンじゃないいんだけどね。

「この辺《あた》りの風景を撮りたいって思っているんですけど、宿泊施設って近くにあるでしょうか？」

「宿泊ですか」

お巡りさんが、微笑《ほほえ》みながらも私の様子をしっかり見ているのがわかる。ゼッタイに眼が笑ってないものね。

こういうとき、女性で良かったなって思う。少なくともむくつけき男よりは、不審《ふしん》がられないから。

お巡りさんが、こくん、と頷《うなず》いた。

「国道五一七号を走ってきましたよね？」

「はい、そうです」

「橋を渡る手前に、〈国道食堂〉って見ませんでしたか？」

〈国道食堂〉？

あ、あれかな。

「ありました。昔の小学校みたいな建物ですよね」

「そうです。あそこの二階は簡易宿泊所ですよ。狭《せま》いけどすごく清潔で、安く泊まれて、しかも温泉付きです。女性が泊まることはそんなにないので、女性用のお風呂《ふろ》を独占できますよ」

温泉！　しかも安い宿泊所。

最高じゃないですか。

「ありがとうございます！　今から行っても部屋は空《あ》いていますか？」

「あぁたぶん大丈夫ですけど、待ってください」

すぐに携帯電話を取り出した。え？　訊いてくれるんですか？　なんて優しいお巡りさん。

「あぁ、二階堂《にかいどう》です。どうも。今日は部屋空いてますよね？　うん、そうです。旅のカメラマンさんが訪ねてきて、泊まるとこを探していてね。いや、女性なんですよ。はい、そうです」

すんなり話が通じるってことは、この二階堂っていうお巡りさんもその食堂にはよく行っているんだきっと。

「じゃあ、よろしくです」

電話を切って、私を見て微笑んだ。

「空いてますよ。大丈夫です」

「ありがとうございます。すみませんわざわざ訊いてもらっちゃって」

「いやなに。厨房《ちゅうぼう》にいる本橋《もとはし》さんという男性がそこのシェフ兼オーナーですから。彼に言ってください」

「本橋さんですね」

すっごく助かってしまった。

「あの、写真撮っていいですか？」

「何のですか？」

「お巡りさんです」

「え、私のですか？」

そうです。

「風景写真も撮るんですけど、働いている人たちを撮るのも私の仕事なんです。この派《は》出所《しゅつじょ》、あ、駐在所かな？　それと一緒に」

撮らせてもらえた。

良い感じのお巡りさんだった。きっと制服を脱いで私服に着替えたなら素敵な渋いロマンスグレーの男性。あ、でもきっと四十代だろうからロマンスグレーって言うにはまだまだ早くて失礼かな。でもきれいな白髪がとても素敵な感じだった。

写真をどこかに発表するんだったら、上に許可を取るので連絡くださいって言うので、連絡先も交換してしまった。ちゃんとしたところに出す写真であれば問題ないだろうからって。発表しないんだったらそのままでもいいですよって。

働いている人たちを撮るのは本当だけど、実は女性なんだけどね。

風景写真と同じで私のライフワークとしている写真。

〈ワーキング・ウーマン〉。

写真集も出す予定はあるんだけど、まだまだ撮り足りない。

ウーマンだから、男性はあんまり撮ってないんだけど、二階堂さんちょっと好みだったので撮ってしまった。撮影が終わったら、ここを離れる前にまた寄ってみよう。どこかに美味《おい》しいお菓子でも売っていたら、お土産《みやげ》を持って。

〈国道食堂〉は、本当に昔の小学校みたいな建物。だだっぴろい砂利《じゃり》敷きの駐車場にはトラックも停まっている。

きっと、長距離ドライバーたちには知られたところなんだろうな。そんな感じがある。車であちこち廻る旅を長く続けていると、そういう匂《にお》いにも敏感《びんかん》になるんだよね。

長距離のドライバーさんたちも、いい表情をする人たちは多いんだ。なんでしょうね。人生を走り続けることに決めた男たちって、いや女性もいるんだけど、いい顔になる人が多いんだ。

この店にもそういう人たちがたくさん来るんだろうな。頼んで、撮らせてもらおうかな。

女性のトラックドライバーがいたら、かなり嬉《うれ》しいかも。

「わ」

木の扉を開けたら、中は本当に昭和の木造の建物の雰囲気。白くて大きなカーテンがますます学校っぽい。これ、本当に元々は学校用に造った建物なんじゃないかしら。あるいは、廃校になったものを再利用しているとか。

あ、でも学校にしてはグラウンドとかがないかも。お決まりの鉄棒とかもなかったものね。駐車場になっている敷地は確かに広いけど、グラウンドほどの広さはないから、学校ではなかったのか。

ちょうどお昼時になって、中は八割方席が埋まっていた。

「いらっしゃーい」

白衣を着たおじいさんがウエイターさんみたいだ。このおじいさんカワイイ。良い感じ。

「空いてるところどうぞー」

見渡して、ちょっと驚いてしまった。

（リング？）

店の奥に、リング。戦いの場の、リング。

（え？　どうして？）

そこにあるはずがないものがあると、そこには違和感しか生じないんだけど、違和感はなかった。

妙にそこに馴染《なじ》んでいる。まるでリングがあったところに食堂を開いたみたいに。そう思った瞬間に、ふっとそれが浮かんできた。

俳優さん。

あの俳優さん、だれだっけ、そう二方一《ふたかたはじめ》。あの人のインタビューを読んだことがあった。写真を撮っていたのが仲の良いカメラマンのショウちゃんだったから。

そのインタビューで、リングのある食堂で一人芝居をやったのが、俳優になるきっかけだったって。

（まさか、ここ？）

この〈国道食堂〉が、二方一のデビューの場所だったんだろうか。

「あー、ひょっとしてカメラマンさんかい？」

厨房《ちゅうぼう》の方から声が聞こえてきて、返事をしながら振り返った。そこにいたのは。

（え、本橋十一《じゅういち》？）

驚いてばっかりだ。

そういえば、お巡りさんがオーナーは本橋さんだって。

「そうです」

名刺を取り出した。

「フォトグラファーをやっています。高幡《たかはた》しずかと言います」

ニコニコしながら本橋十一さんが名刺を受け取ってくれた。

「本橋十一です。ここをやってるんだ」

「あの、失礼ですけど、本橋さんは元プロレスラーの」

「おお」

思いっきり笑顔になった。

「知っててくれたのか。そうです。元プロレスラーですよ」

おもしろい食堂。

まさか、引退したプロレスラーがやってる食堂だったなんて。しかもここが生家で、地元。

錦織を撮影するんだったら、住民はほぼ全部知り合いだから何でも言ってくれたら手伝えるぜって。嬉しい。こんな完璧《かんぺき》な撮影条件が整《ととの》っているところ、滅多《めった》にないと思う。

一号室が角部屋で便利だからどうぞって。本当に小さな、六畳もないぐらいの部屋だけど全然オッケー。きれいだし、温泉も付いているなんてこれは穴場かも。この辺りを移動するときには、ここを拠点にして動くことをこれから考えようかな。

窓から見ていると、お昼時だからひっきりなしに車がやってきて、停まって、そして出て行く。

自転車でやってくる人もいるけど、あれはきっと錦織の人なんだろうな。あそこからなら、自転車でも来られるんだ。歩いても、大人の足なら三十分か四十分か。まぁ歩いて来られない距離じゃないよね。

窓から見える錦織の集落。

（あれ？）

ｉＰｈｏｎｅを取り出してコンパスを見た。

ここからなら、ちょうど山並みの向こうに陽《ひ》が沈んでいくのを撮れるんじゃないの？撮れる。しかも二階から。

「屋根に上《のぼ》れないのかな」

屋根からだったら、さらにいい角度になると思う。そして、電柱とか電線とかが全然邪《じゃ》魔《ま》にならない。

まだ食堂は忙しいよね。私もお昼ご飯を食べて、ちょっと写真撮ってから暇《ひま》になった時間に本橋さんに聞いてみよう。たぶん、梯子《はしご》ぐらいあるよね。

☆

「そうなんです。屋根に上れるのなら錦織の集落がとてもキレイに撮れるんですけれど、上れませんか？」

身体《からだ》のわりにはすっごく可愛《かわい》らしい瞳《ひとみ》をぱちくりとさせて、十一さんがおじいさんを見た。

「屋根の上？」

「あの非常梯子は使えるよな？」

「大丈夫だと思うよぉ。でもぉ」

おじいさんがちょっと顔を顰《しか》めた。

「命綱《いのちづな》をつけなきゃあぶないねぇ。屋根には平らなところがまるでないからぁ」

「大丈夫です。ハーネスも持ってますので」

「ハーネス？」

「ロッククライミング用のです。ロープも車の中にありますので」

ネイチャーフォトグラファーは、実はアスリートでもあるんですよ。

「崖《がけ》を登ったりもするんですよ」

「なんで？」

十一さんがきょとんとした。

「そりゃあ、いい写真を撮るためです」

そのためになら、命だって懸けます。

「そんなにか」

「でも、プロレスだってそうですよね。毎回いい試合をするために命懸けているようなものですよね」

一歩間違えば、文字通り命だって落としかねないんだから。そう言ったら、十一さんは大きく頷いた。

「その通りだ。忘れてたぜ」


予想通り。

「いい眺《なが》め！」

ハーネスをつけて、命綱も回して、〈国道食堂〉の屋根の上。ものすっごく気持ち良い。

まだ日没までには早いから、軽く眺めを撮っておく。

やっぱりここからなら最高の景色が撮れる。日没が待ち遠しい。風も心地《ここち》よいし、これ平《たい》らなところがあって、ここで一杯やれたら最高ね。あ、でもドライバーばっかりだからお酒は出していないのか。残念。

バンが一台駐車場に入ってきて、中から降りてきたのは女性。どんな職業の人なんだろうこの店に車で来るって女性は。

つい習慣でカメラを構えてしまって、その人をファインダーに捉《とら》えた。気づいていないよね。まさか屋根の上にカメラマンがいるなんて思わないから。

「え？」

まさか、あの人は。

あの女性は。

心臓が、どきん、と音を立てた。

スマホを取り出して、写真を開いて確認した。

間違いない。

加藤和美《かとうかずみ》さんだ。

もしも見つけたら、写真を撮って連絡してほしいって頼まれていた。

逃げた妻なんだって。

小菅《こすが》さんの。

詳しい事情は知らない。小菅さんのことも、単に印刷会社の担当の人の上司ってことぐらいしか知らない。

私はフリーのフォトグラファーだから、広告会社やデザイン会社、それに印刷会社とか、とにかく写真を必要とするところだったらどことでも仕事をする。依頼が来たら、受ける。

有名な賞を取ったわけでもないし、写真集が売れているわけでもない。ただ、まだ二十代の頃《ころ》に撮った写真が化粧品会社のＣＭやポスターに使われて、それで業界に少し名を売った程度。

そのときに売った名前、言ってみれば遺産みたいなものを食い潰《つぶ》しながら今まであちこちと仕事をして、どうにか人並みの暮らしを送っているような感じ。どんどんやってくるデジタルの波も機材を揃《そろ》えられてそのビッグウェーブにかろうじて乗り損《そこ》ねないような感じで。

だからじゃないけど、けっこうヤバめの仕事を受けることもあった。ヤバいっていうかまともなフォトグラファーだったら受けないような仕事。

生活の苦しいときにね。いいギャラ貰《もら》えるんだったらって、スクープ屋の手伝いみたいな仕事。

何日も張り込んでひたすら被写体《ひしゃたい》が出てくるのを待つ、みたいな。

成功報酬《ほうしゅう》がかなり高かったら、の話だけどね。いくらなんでも、二束三文《にそくさんもん》でそんな仕事は請《う》け負いたくない。それだったらどこかでアルバイトをして暮らした方がずっとマシ。

でも、そんな仕事をしたことがあるから、そんなふうに声を掛けられたのかもしれない。

印刷会社で作っているカレンダーの写真を頼まれていた。そこの会社はもう三年間も私の風景写真を使ってくれていて、お得意様。むしろ切られないように一生懸命いい写真を撮って、打ち合わせて、納めていた。

小菅さんは、いつも私と打ち合わせする企画部の木村《きむら》さんの上司。直接カレンダーの担当じゃないから普段は会っていなかったんだけど、たまたまその日は木村さんが風邪で休んでしまって、企画書を小菅さんが説明してくれたんだ。

☆

「ところで、高幡さん」

「はい」

小菅さんが書類をケースにしまいながら言った。

「君、〈シャッター〉で仕事をしたことあるんだって？」

ちょっと驚いた。

〈シャッター〉は写真週刊誌。そこで確かにアルバイト的に、スクープ狙《ねら》いの仕事をしたことはあったけれど。

「え、どうしてご存知《ぞんじ》なんですか」

秘密ではないけれど、この会社の誰《だれ》かに言ったことなんかない。

「僕は、あそこの満田《みつだ》と同級生なんだ」

「満田さん」

副編集長か。そんなに話したことはないけれども、確かに私が仕事をしたことは知ってる人。

「いや、別に訊き出したとかそんなんじゃないよ。たまたま、久しぶりに飲んでるときに、君の写真をうちが使っているのを知ってさ。そんな話になったんだ」

私がちょっと不審そうな眼で見たから、そんなふうにいいわけしたんだと思う。何とも思っていなかった人。単に、上役《うわやく》の人。そう思っていたんだけど、この人は何かある、と思えてきた。

そのときから、仕事の眼で見たから。今まではただの印刷会社の人、という意識でしか見ていなかったけれど、被写体としての男性という眼で見た。

だから、いろんなものが見え始めた。

フォトグラファーの眼を軽《かろ》んじてはいけない。

いいフォトグラファーは、いい眼を持っている。その人の何かを見通すことのできる眼だ。

その人の魅力とか、あるいは性格とか、そういうものを一部分にしろ見透かすことができるからこそ、その人の個性溢《あふ》れる写真が撮れるのだ。

私は、自慢じゃないけどいいフォトグラファーだ。

この小菅さんには、何かしらトゲのようなものがあると感じた。それがどんなトゲまではわからなかったけれど。

トゲのほとんどは傷つけるものばかりだろうけど、ものによっては何かの役に立つトゲだってあるだろうから、そこでこの人を判断したりはしないけれども。それに、大きな個性は時としてトゲに思えることだってある。

「君、〈ワーキング・ウーマン〉ってことで、日本中を回って働く女性の魅力的な姿を撮っているよね。この間、岩手の農家の女性たちのを見せてもらったけど、あれは素晴らしかったよ」

「ありがとうございます」

思いがけず褒《ほ》めてもらった。お世辞でも何でもなく、素直な感想だとわかったので、それは嬉しかったけれど、やっぱり何かが向こうに透けて見えた。

「今も、日本全国回っているの？」

「スケジュールが空いているときに、二週間とか期間と場所を決めてですけど」

それは本当。スケジュールが空いているときっていうのは、つまり仕事がまったく入っていないときってことだけれども。

小菅さんが、ちょっと何かを考えていた。

「あの、何かありましたか？　仕事の話があるのなら、私うしろのスケジュールもありますので」

それは、嘘《うそ》。この後は何にも入っていないけれど、何となくこの人とはあんまりかかわらない方がいいように感じたから。

でも、小菅さんは小さく頷いた後、おそるおそるって感じで話し出した。

「個人的な仕事を依頼できるだろうか」

「個人的な？」

「会社としてではなく、私個人としての、だが」

それは、もちろんだけど。

「撮影のですよね？」

「そうなんだが、少し変則的なんだが」

「変則的？」

息を吐いて、小菅さんはスーツの内ポケットから小さな封筒を取り出した。そこに入っていたのは、写真。

女性の、写真。何の変哲もない、明らかに素人《しろうと》が撮ったスナップ写真。

「これは、妻なんだ」

「奥様」

「いや、正確には元の妻だ。書類上は離婚したので」

「はぁ」

離婚した奥様の写真をまだ持ち歩いているのはどうしてなんだろう。

雰囲気のある女性だ。美人、とは正面切っては言えないけれども、被写体としては悪くないと思う。

「実は、今どこにいるかもどこで働いているかもわからないんだけど、もしも、君が〈ワーキング・ウーマン》のシリーズで写真を撮って回っているときに、彼女を見かけたのなら、写真を撮って居場所を私に知らせてくれないだろうか」

「はい？」

☆

支度金として、二十万円。

破格の金額。もしも、見つかったのならさらに同額を支払ってくれる。一生見つからなくても、二十万円は返さなくていい。

そんな条件。

怪《あや》し過ぎた。

怪し過ぎたけれど、相手はお得意様である、クライアントのそこそこ偉い人。

そんな偉い人が、他人には知られたくないDVで離婚されたなんて、自分の恥を晒《さら》してしかも大金を用意して依頼してきた。

もしも断ったら、どうなるかわからなかった。

大事にしたいカレンダーの写真の仕事は来年はないかもしれない。それぐらいの権力を持っている人だった。それがなくなると、本当にキツイことになる。

私の立場では断れないだろうってことを含めて、依頼してきたんだ。

本当なら探偵にでも頼みたいんだろうけど、それだとたぶんもっと高額になるし、たぶん法的にまずいことになるからじゃないかって思った。

そんなの、ヤバいことになるってわかってる。

でも、請けざるを得《え》なかったんだ。

断れなかった。

それに、本人も言っていたけど、見つかる可能性なんてはっきり言ってないに等しかった。どこにいるかも何をしているかもわからない女性とバッタリ出会える確率なんて、たぶんないと思ったからまるまる二十万丸儲《まるもう》けでいいじゃん、とも思った。

それがわかっているのに、そんな依頼をしてくるのはどうしてなんだろう、と興味を持ったのもあった。

でも、実際というか予想通りというか、会うはずもなかったんだ。

それが、依頼から二年も経《た》ってから出会えるなんて。

こんなところで。

どうしたらいいんだろうか。

2nd season

賀川みさ子　七十一歳　〈国道食堂〉従業員

他の仕事っていうのをしたことはないけれども、お店が終わって厨房《ちゅうぼう》の後片づけをして掃除をするって、いいのよね。なんかこう、あぁ一日が終わった、って感じがしみじみするのよ。

今日も頑張ったね。いい一日だったねって思えるのね。毎日毎日そう思えるんだから、幸せな人生だなぁって思うわ。

「手伝いまーす」

「おう」

十一《じゅういち》ちゃんからテーブル拭きを受け取る。美也《みや》ちゃん。お風呂《ふろ》入ってきたのね。いいわー若い女の子のお風呂上がりって。肌がぴかぴかしてる。

「宿題終わったの？」

「後からやるよ」

美也ちゃんもすっかり馴染《なじ》んだわよね。いつの間にか敬語使わなくなったものね。

「みさ子さん、疲れてない？」

「え？　どうして？」

だって、ってちょっと心配そうな顔をしたわね。

「毎日ずっと働いていて」

心配してくれたのね。もうおばあちゃんだからかしら。

「不思議とね、疲れないのよ私」

「え、疲れないの」

タオルを干している美也ちゃんが、ちょっとびっくりした声を出した。

この子の声って、良いのよね。心地よく響いてくる声なのよ。言葉の発音もどうしてなのかすごくしっかりしているから、案外アナウンサーとか声を使う職業を目指したらいいんじゃないかしらね。

「女子アナよ女子アナ」

「女子アナ？」

「美也ちゃん顔も可愛《かわい》いしさぁ。テレビ局の女子アナいいんじゃないの？」

「え、なんの話」

あらそうね。

「ごめんね話が飛んじゃった」

最近そうなのよね。会話してたのとまったく別の頭ん中で考えたことをポン！　と言っちゃうのよね。

「やぁね、ボケよボケ本当に」

「ボケてなんかないよみさ子さん。本当に元気だもん」

元気だけが取り柄よね。私から元気を取ったら何にも残らないのよね。

「あれよ、まだ当分わかんないだろうけどね、人間六十過ぎるとね。身体《からだ》を常に動かしている方が元気になるのよ。そういうもんなの」

「それはわかるよな」

十一ちゃんがうんうん頷《うなず》いたわね。

「俺《おれ》らみたいな運動していた連中もな。現役退《しりぞ》いてもトレーニングだけはやっちゃうんだよ。そうしないとなんか調子悪いんだ」

そうよね。十一ちゃん、ランニングとトレーニングは毎日欠かさないものね。風邪引いて倒れてるとき以外は。

「でも十一ちゃんねぇ、熱には弱いのよね。七度二分ぐらいでももうダメなのよ。寝込んじゃうの。そんなの微熱よ微熱」

「あ、でも」

空《そら》くんがモップを片づけながら言ったわね。

「アスリートの人って、そうみたい。少しの熱が出ただけでもパフォーマンスが圧倒的に落ちてしまうのが自分でもはっきりとわかるので、休んじゃうんだって。もう身体も精神的にもそうなるんだって」

「あらそうなの？」

「前にスポーツ雑誌で読んだ。パフォーマンスが落ちているのに普段と同じトップギアで試合とかすると怪我《けが》するのがわかっちゃうからって」

「おう、そういうことそういうこと」

十一ちゃんが何だか嬉《うれ》しそうに笑ったわね。

「常に良い状態で試合をしなきゃダメになんだよ。あれだ、若いのでさ、調子悪いのに無理して試合に出て怪我しちゃうのいるじゃないか。失敗するとかさ。ああいうのはまだその感覚が摑《つか》めていない証拠だな」

「なるほどねぇ」

そう言われると、一流のスポーツ選手ほど熱とかに弱いっていうのがなんとなくわかるわね。

「え、それで身体を動かしていると疲れないってどうして」

あら、そうね。

七十一になっているのに、毎日毎日ここでけっこうハードに働いても疲れないのはどうしてかってね。

「やっぱりあれよね。好きなのよ。身体を動かして働くことがね。好きなことって何時間やったって疲れないし、疲れてもそれが気持ち良《い》いでしょう。気持ち良いってことは、疲れないのよ。ほら、魚って泳いでないと死んじゃうとかって言うじゃない。そういうことよ」

好きなのよ。働くのが。動いているのが。

結局、そういうことよ人間って。動物ってぐらいだから、動いていないと駄目になるのよ。

なるほどー、って美也ちゃん納得してるけど。

「あれ？　ふさ子さんは、どうしたの」

美也ちゃんがきょろきょろ。今頃《いまごろ》気づいたのねふさ子がいないことに。

よくあるのよね。私たちは双子でいっつもここに二人でいるから、どっちかが視界に入るとどっちかもいるもんだって思っちゃうのよね。お客さんにもよく言われるわよ。あれ、いなかったか？　なんてね。

「ふさ子はね、お葬式で四国のね、あら四国の何県だったかしら高松《たかまつ》市って」

「香川《かがわ》県」

「そうそう、そこに行ってるわ。今晩は向こうで泊まりね」

「え、誰《だれ》か死んじゃったの」

そうなの。死んじゃったのよ。

「元旦那《だんな》のね。お母《かあ》さん」

「元旦那さんの、お母さん？」

そうなの。

「つまり、元お姑《しゅうとめ》さんね」

お姑さん、って美也ちゃんが呟《つぶや》いたけど、若い子には縁のない言葉だけど知ってるわよねそれぐらいは。

「ふさ子さんってバツイチだったの？」

「そうなのよ。知らなかった？　子供はいないけどね。そもそも結婚生活もたった一ヶ月ぐらいだったけどね」

「一ヶ月？」

美也ちゃんも空くんまでも驚いたわね。

言ってなかったかしらね。そもそも普通のただの食堂のおばあちゃんのこれまでの人生なんて、何の興味もないだろうしね。

「私は違うわよ。未婚のきれいな身体のままよ」

もう何百回も言ってるから誰も笑わないわよね。

「お葬式ばっかりよね本当に」

この年になるとね。お誘いの連絡はもう全部葬式よ。通夜とか法事とかそんなのばっかり。

「じゃあ、今夜はお家《うち》にみさ子さん一人なんですね」

「あ、そうなの。一人きりなんて本当に久しぶりよ。どうやって羽を伸ばそうかと思ってわくわくしてるわ」

「わくわくしてもいいけどよ。戸締まりはちゃんとしなよ」

「するわよ」

心配するのもわかるけど。

「今日は車置いてってさ、俺が送っていくか」

「何を言ってるのよ十一ちゃん。もう何十年も通っている自分の家への道を間違うはずないでしょう」

いやいやいやって、どうしてそんなに頭を振るのよ。

「みさ子さんもいい加減自分の方向音痴をさ、自覚してくれよ」

「そうなんですか？」

「そうなんだよ。美也ちゃんはまだ知らなかったか」

「知らない」

「僕は知ってる。とんでもない方向音痴だよね」

「方向音痴なんてもんじゃないよな。いつもはふさ子さんもいるから平気だけどさ。この人あれだからな。隣の家に回覧板回しに行って、そのまま逆方向に歩いて町内一周して帰ってきちゃう人だからな」

そんなことあるわけないじゃない、って言いたいけどあったのよね。それも年取ってからじゃなくて若い頃から。

「方向音痴なんてもんじゃなくて、こう、なんだ、方向という概念《がいねん》が脳みそから抜け落ちてんだよな。ないんだよ方向が」

そこまで言われたら私だって怒る、いや怒らないわね。そもそもどうして皆あっちが北とか南とかわかるのかしら。

「あ、じゃあ」

美也ちゃんが何か嬉しそうに手を合わせたわね。

「私、一緒の車に乗って送っていきます！　明日土曜日で学校休みだから今日みさ子さんとふさ子さんの家に泊まっていいですか？」

いや泊まるのはいいわよいつ来ても。そういえば美也ちゃん、家に泊まりに来たことはないわよね。

でも別に送ってもらわなくたって帰れるわよ一人で。

たぶん。


いくら方向音痴だからってね。車で五分もかからない距離よ。実質運転している時間はたぶん二分か三分よ。その距離を、自分の家を間違えるはずないじゃないねぇ。

「あ、そこ左ですよみさ子さん」

「うん。わかってるわよ」

危なかったわ。右に行くところだった。

そうよね。どうして右に行こうとしたのかしら。右に行ったらまたぐるっと町内一周しないと戻ってこられないわよね。

「私も十八になったら免許取りたくて」

「いいわね」

あら簡単に頷いちゃったけど、取れるのかしらねこの子。親のお金がなきゃ自動車学校通えないだろうしね。まぁその辺は十一ちゃんが何とかするかしらね。

「私も運転は嫌いじゃないいんだけどねぇ」

なんかもうそれこそ全部自動運転とかになって、電気自動車とかでいいわよね。ハンドル動かさなくても、勝手に自分の家まで運んでくれればいいのに。

「免許返納とかいろいろあるからさぁ。年寄りは運転するなって言われてもね」

「あー、そうですよね。こうやって通勤に必要ですもんね。買い物とかも」

「買い物はね、いいのよ。今は生協さんとかネットで何もかも揃《そろ》えられるから。配達してくれるから楽だしね」

「え、みさ子さんたちネットとかできるんですか?」

「いやねぇ、年寄りは皆そういうのに疎《うと》いとか思ってるんでしょ」

悪いけどね、インベーダーゲームとか出てきたの、私たちがまだ三十代の頃ですからね。

全然やったことないけどコンピュータぐらい扱えるわよ。ほんのちょっとだけど。買い物ぐらいはね。

はい、着いた。

温泉のある食堂に勤めてるって何が便利かって、家でご飯作ったり、お風呂沸かさなくていいところよね。家に帰ってきたらもう後は寝るだけだから、たっぷり時間があるのよね。

「良い家でしょ？　古いけど」

「うん」

一階は居間と台所とお風呂とトイレと仏間。二階は六畳間が二つ。それぞれ私とふさ子の部屋。そのうちに二階へ上がることもできなくなるようだったら、二人で仏間に寝ればいいわねって話している老女二人暮らしの家。

小さいお家だけど、これで充分《じゅうぶん》。

「いいお家です」

美也ちゃん、普通の家で暮らしたことないのよね。普通って言ったら怒られるわね。一応お父さんもお母さんもいて、何不自由なく暮らしていたんだから、普通っちゃあ普通よね。

普通じゃないのは、何かの新興宗教の教祖様みたいな人と一緒にやっていたってことよね。

普通の女の子としての暮らし方をしてこられなかったってことよね。

「ずっとここで二人で暮らしているんですよね」

「そうよー。生まれたときからずーっとここ」

この小さな家で、ふさ子と二人で。離れて暮らしたことなんか、それこそ実質一ヶ月か二ヶ月ぐらいじゃないかしらね。

「それで、二人で〈国道食堂〉で働いて」

うん、そうよ。

「もう中学卒業したら、や、卒業する前からもう二人で働いていたわ。何せ親が二人ともいなくなっちゃったからね」

☆

料理が好きだったのよね。

二人してそうよ。好きで、得意だったの。

まぁそれも早くに親を亡くしちゃったのでね。毎日のご飯を自分たちで作っていたっていうのもあるんだけどね。

そうなの。二人とも死んじゃったのよ。

父親は小学校に入る前に、母親は中学生の頃にね。だから私たちは十三の頃からずっと二人でこの家で暮らしてきたのよ。

うん、不運といえば不運だったのよね。二人とも事故死だったから。

仲良しの夫婦だったんだけど、そんなところまで仲良く一緒になることもないと思ったわよね。

父親はね、林業っていえばいいかしらね。そこの山で働いていたんだけどね。地滑《じすべ》りかなんかが起きちゃってそれでね。仕事仲間も何人か一緒で、あの頃のこの辺ではけっこうな大事故だったのよ。全国版のニュースにもなったわよね。新聞にも載《の》ったし。遺体が見つかったのは行方《ゆくえ》がわからなくなってから一ヶ月後ぐらいだったわね。地滑りの土の中からね。

母親は交通事故ね。

それも車に轢《ひ》かれたわけじゃなくて、冬道でね、あそこの橋よ。歩いていたらスリップした車が歩道に向かってきて、たぶんだけど、それを避けたのはいいんだけど橋の欄干《らんかん》から落ちちゃったらしいのよ。

傷一つない身体だったけど、溺《おぼ》れ死んじゃったのね。

まぁ確かに二人とも悲惨《ひさん》っていえば悲惨な死に方よね。

土と水だもんね。じゃあ私とふさ子は火か空かって話したわよ。

だもんだからね。火事にはとことん注意しているわよ。ほら見て、こんな古い家だけど火災報知器あちこちに付けているし、消火器も各部屋に一本ずつあるのよ。凄《すご》いでしょ。

それにね、実はここの家の水道、特別に圧力高める機械を入れてあるのよ。いざというときに外のホースで消火活動できるぐらいに。凄いでしょ？　消防訓練には若い頃からずっと参加してるし、何だったら火消しの纏《まとい》も買おうかしらって話しているのよ。

あらごめんね。火消しの纏なんか知らないわよね。時代劇でも観なきゃね。

そうなの。

飛行機乗ったことないのは、そうなのよ。二人とも空で死にたくないからね。旅行はあちこち行ったけど、全部電車よ。もう二人の合言葉よ。

火と空には気をつける。

でもね、空から隕石《いんせき》でも降ってきてこの家に落ちて全部燃えちゃうんじゃないかって二人で話しているのよ。

良いブラックジョークでしょ？

笑えるでしょ？

そうなったらそうなったで、けっこう有名人になるからいいかもねって。死んでからなってもしょうがないけど、残った皆が笑ってくれるじゃないの。笑って送ってもらえるって最高よね。

どうせ事故で死ぬんなら、そういう方がいいわよね。

そうねー。

いろんな境遇《きょうぐう》の人がいるわよ世の中には。

まぁそれでも良かったわよ。父がね、この家を遺《のこ》してくれていて。

これがなかったら私たちは二人してどっかの施設か、名前も知らない遠い親戚《しんせき》の家かなんかに別々で暮らしていたわよね。

こんな田舎だから税金なんか安いもんだし、電気ガス水道なんかは節約すりゃあどうにでもなるわよね。

とにかく住むところさえありゃあなんとかなったのよ。それでまぁ、二人して高校に行ったってどうしようもないし、勉強も別にできたわけじゃないし、働いた方がいいってんでね。

もうひとつのラッキーは〈国道食堂〉があったことよね。

雇《やと》ってくれたのよ。十一ちゃんのお父さんとお母さんがね。

そもそもうちの母親と繭子《まゆこ》さんがね、十一ちゃんのお母さんが仲良しの友達だったのよ。

だから私たちもよくあそこに行ってご飯を食べていたし、泊まっていったこともあったしね。あそこは広いから子供が遊ぶのにはもってこいのところでね。

そうよ、十一ちゃんとも遊んであげたわよ。

まだ十一ちゃんもちっちゃい頃でね。

まぁそれでね。親が二人ともいなくなってしまった私たちをね。良かったらうちで働かないかって。十一ちゃんのお父さんが言ってくれたのよ。

それから、ずっと二人で働いてきたの。

☆

美也ちゃん、パジャマ姿可愛いわー。この子本当に女子アナ目指すといいわよね。あと、何だったかしら。

「そうそう声優？　あれになったらいいんじゃないかしらね」

「声優？」

「そうよ。今の声優さんは顔も可愛くてアイドルみたいなんでしょ？　美也ちゃん可愛いし。いけるわよ」

「無理です」

　きっぱり言ったわね。

「私、そういうのには興味ないし。あ、女子アナとかも無理です」

「そうお？　もちろん私が無理強《じ》いするもんじゃないけど」

　でもせっかく可愛い顔と素敵な声を持ってるんだからね。

「それを使わない手はないわよね」

　まぁ、気持ち的に無理かもね。この子の境遇を考えたら。

　縁があって私たちのところにやってきた美也ちゃん。大人になるまで、自分の足で歩いていけるところまで、しっかり見てやらなきゃね。

「結婚は、しなかったんですか」

「できなかったのよ相手がいなくて。この通り美人でもないしねぇ。あ、同じ顔のふさ子はしたけどね」

「美人じゃないけど、整った顔ですよ」

はっきり言うわね。でもそういうところが良いのよね美也ちゃん。

同じ〈国道食堂〉に住んでいる空くんとくっついてくれたら嬉しいし楽なんだけど、そうはうまく行かないわよねー。

「ふさ子さんの結婚は一ヶ月しかもたなかったって」

やっぱり興味はあるわよね。女の子だもんね。

「何があったかなんて、訊《き》いていいの？　ふさ子さんいないところで」

「そうねぇ」

ふさ子の元旦那はね。

「〈国道食堂〉に来たお客さんだったのよ」

「お客さん」

美也ちゃんは知らないかな。随分《ずいぶん》昔の話になっちゃったからね。

「ほら、黒松岳《くろまつだけ》のてっぺんのところに、その昔にホテルを造っていたのよ。聞いたことない？」

「あ、なんか聞いたことある。廃墟《はいきょ》の跡が今もあるって。幽霊ホテルなんて話」

「そうそう。下からは見えないけど、現地に行くとまだ土台とか残ってるみたいね。道なんかもあるらしいけど」

行ったことは一度だけね。工事中のところに見学に行ったわ。ふさ子と二人して。

「そのホテルを造っていたのがね。ふさ子の元旦那なのよ」

「じゃあ、建築設計士か何かですか」

「違うわ。実業家ね」

今でもね、向こうじゃあ名士みたいよ。名士って、有名人ってことね。お金持ちの。

「そもそも、おじいさんの代から、あの辺りの地主とかそういう家系の人らしくてね。いろいろ手広く事業をやっているんだって」

でも、この辺が観光名所になるって考えたんだから、随分とんちんかんな人よね。確かに風光明媚《ふうこうめいび》ではあるとは思うんだけど、名物も何もないのにね。

名前はね、そうね。

まぁ会うこともないだろうからいいわよね。

「佐竹信司《さたけしんじ》って人なのよ。佐竹さんね。良い男よーたぶん今でも。背が高くてね。シュッとしてて」

佐田啓二《さだけいじ》か佐竹信司かって話したのよね。

「佐田啓二って」

「昔の俳優さんよ。ほら、俳優の中井貴一《なかいきいち》さんいるでしょ？　知ってるわよね」

「知ってる」

「あの人のお父さんよ」

「え、お父さんも俳優だったの？」

そうなのよ。息子も良い男よね。お父さんほどの華はないかもしれないけど、とても良い俳優さんよね。

「それぐらい、良い男だったのよね。しかも実業家でお金持ち。今で言えばあれよ。恰好《かっこう》良くてきれいなホリエモンみたいな人よ」

びっくりでしょ？

「そういう男がね。ふさ子の元旦那だったの」

「スゴくないですか？　イケメンで実業家のお金持ちって。どうして別れちゃったんですか」

それがねぇ。

まぁいろいろあったのよねで済ませられるんだけど。

どうしようかしらね。

美也ちゃん、今は十一ちゃんに守られてこうやって平和に高校生活しているけれど、家族の問題なんて一生ついてまわるものよね。年寄りの昔話で、少しはあれね、何か感じて、心が強くなったりしてくれるかしらね。人生のいろいろを思ってくれるかしらね。

「内緒の話になるんだけど」

「内緒？」

「秘密よね。一生の秘密。絶対に、誰にも言わないって、墓場まで持って行ってくれるって約束してくれたら、話せるんだけど。十一ちゃんも知らない話」

ちょっとびっくりしたわよね。するわよね。

「内緒に、します。ゼッタイに誰にも言いません」

うん。美也ちゃん、良い子よね。どうしてこういう子が普通の人生を送れないのかしらね。

「佐竹さんはね、お店によく来てくれたのよ」

☆

観光ホテルを造るってね。視察のときからずっと長い間、うちに通ってくれたのよ。その頃はまだ二階で宿泊できなかったけど部屋はあったからね。仮で泊まっていったこともあったわ。

私とふさ子と金《きん》ちゃんと、重三《じゅうぞう》さんと繭子さん。五人でお店をやっていたわ。重三さんはその昔はいろいろやっていた人でね。それこそ山師みたいなところがあったから、若き実業家だった佐竹さんとは気が合ったみたいでね。その頃はお酒も置いてあったから、よくお店で飲んでいたわね。

私たちも若かったから、皆で一杯やって仲良く話して、ホテルに〈国道食堂〉の支店を出そうかなんて話で盛り上がったりね。

その内に、ふさ子が佐竹さんを見る眼が変わっていったのが、私にはわかったわ。

ほら、私とふさ子、顔はもちろん声もそっくりでね、今でこそ少しは区別がつくけれど、若い頃は本当に、重三さんや繭子さんでさえすぐ傍《そば》にいても間違えるぐらいに同じ顔をしていたのよ。

でも、性格は違うのよね。

私はどっちかと言えば男っぽいでしょ？　気も強いしね。男勝《おとこまさ》りってよく言われていたわ。

ふさ子は、女の子なのよね。小さい頃はいつも私の後ろにくっついていてね。双子なのにどうしてこうも性格が違うのかって本当に不思議がられたわね。

恋しちゃったのよね。

ふさ子は佐竹さんに。

私はもう全然。何の関心もなかったわ。ただのお金持ちのお客さんってだけ。どんどん人を引き連れてやってきてお店にお金を落としてほしいわー、って思っていただけ。

それでね。

どういうわけかよ。

男と女なんてね、わかんないものなのよ。これは覚えておきなさいね。

佐竹さんなんてハンサムでお金持ちなんだから、女なんてよりどりみどりの人よ。こんな田舎町でどうこうしなくたって、あ、その頃は東京に住んでいたのよね。

東京のね、それこそ上流階級のお嬢様のような人たちとだって釣り合う人なのに、何故《なぜ》か、ふさ子に興味を持ったのね。

佐竹さんが。

そこでよ。

思うでしょ？

双子のどっちかを好きになった場合、同じ顔をしたどっちかのことはどうなんだって、思うでしょ？　現に双子である当事者も思うんだから、周《まわ》りだって思うわよね。同じ顔をしているのに、佐竹さんが興味を持ったってことは、それはもう性格よね。そこしか区別できるところはないんだから。

まぁ性格とその人個人は切り分けることなんかできないんだから、要するに〈ふさ子〉のことが好きになったわけよね。

まったく同じ顔、同じ姿、同じ声を持った私ではなくね。

☆

「え」

美也ちゃんが、そう言って固まっちゃったわね。この子、「え」ってクセなのよね。よく言うのよ。わかっていても「え」って確認したくなるのねきっと。あるいは慎重《しんちょう》なのね。何事も、一歩立ち止まって考えて判断する性格。いいと思うわよ。特に美也ちゃん可愛い子だから、この先いろんな誘惑とかも多いだろうからね。

「そういう話をするってことは、ふさ子さんの離婚に、みさ子さんが関わっているってことになるの？」

「そうなの」

そうなっちゃったのよ。

「久しぶりにこのことを話すわねー。前に話したのは繭子さんだけにだったから」

「何が、あったんですか」

「確認したのよ」

「確認」

そう。確認。

「都会で暮らす金持ちがね、こんな田舎に来て女に興味を示すなんてね。垢抜《あかぬ》けない純朴《じゅんぼく》さがいいとか、素直なところがいいとか、要するに普段周りにいない女で新鮮だったっていうだけ、なんて話は聞かない？　そんな話今のマンガとかドラマにだってないかしらね？」

「あると思う」

あるわよね。

だから、ふさ子になってみたのよ。

「ふさ子さんに？」

「簡単なのよ。女の子らしい女の子のふりをしたら、私は一瞬でふさ子になれるのよ。だって、双子なんだからね」

生まれたときからずっと一緒にいて見てきたんだから、ふさ子になりきることなんか、簡単なの。

男っぽいふりをするのは、ふさ子には無理だろうけどね。

2nd season

賀川ふさ子　七十一歳　〈国道食堂〉従業員

仕事しているのなら全然疲れることはないのだけれど。

「やっぱり、疲れたわね」

知らない人たちに囲まれて過ごすっていう気疲れもあるけれど、旅は、移動は疲れるわ。それに一人きりっていうのは、慣れないせいもあるんだろうけど、疲れを感じやすいのよきっと。これが、大勢の人たちと一緒にわいわいと観光旅行とかならそんなに疲労を感じることはないんじゃないかしら。そんな旅行したことないけれども、そんな気がするわ。

旅行なんか、新婚旅行と、あとはみさ子と二人であちこち行ったぐらいね。他の誰《だれ》かと旅行なんかしたこともないものね。

あぁ、十一《じゅういち》ちゃんとね、金《きん》ちゃんと皆で慰安《いあん》旅行とかいって、お店を休んで近場の観光地の温泉とかはよく行ってるけれどもね。ああいうのもやっぱり旅行って言うのかしら。一泊だからすぐに終わっちゃうんだけど。

それはそれで満足しているわよね。

友達なんていうのも、少ないというかほとんどいないんだけれども、それを淋《さび》しいと思ったこともないし。

みさ子と十一ちゃんと金ちゃんと。あぁ、今は孫みたいな空《そら》と美也《みや》ちゃんがいるわよね。

なんだか、家族みたいになっちゃったわね。

十一ちゃんがお父《とう》さんで、空と美也ちゃんがその子供。私とみさ子がお祖母《ばあ》ちゃんで金ちゃんがお祖父《じい》ちゃん。

お母《かあ》さんがいないけれど。

お母さんね。

そういう話じゃないけれども、加藤《かとう》の和美《かずみ》ちゃん。

すぐにでも十一ちゃんと結婚してくれないかしらね。

十一ちゃんが結婚したらもちろんあそこに住むことになるんだから、きっと和美ちゃん、空とか美也ちゃんのいいお母さん代わりになると思うんだけど。

まぁ空はともかく美也ちゃんは実のお母さんがまだいるんだからそんなこと考えないだろうけど、少なくともお祖母ちゃんの私とみさ子よりは年が近いから、いい相談相手になってくれると思うのだけれど。

「そろそろよねぇ」

二人を見てるともう良い感じだからそんな話をしてもいいのに、十一ちゃんさんざん女遊びはしているはずなんだけど、変なところで純情なのよあの子。きっと向こうがその気になるまで待っているつもりなんでしょうけど、和美ちゃんは一回失敗してるから自分からは言い出さないわよね。そこはぐっと十一ちゃんの方で押さないとねぇ。

まぁそんな経験がないから、私やみさ子が言っても説得力ないんでしょうけどね。

あぁ、新幹線来た。

遠いわよね。

四国。

人生で二度目の四国入りがお葬式っていうのは予想もしていなかったわ。

飛行機は乗りたくないから電車と新幹線を乗り継いだけど、本当に遠かったわ。まだこれからしばらくかかるのよね。

でもこっちに来るには、飛行機を使ったら逆に遠くなるのよね。小田原《おだわら》から新幹線乗るのがいちばん早かったのよ。空がスマホで簡単に調べてくれたけど、今は本当に便利よねぇ。前に四国に来たときには、時刻表とにらめっこしていろいろ調べたのよね。切符もネットで買えるのよ。

帰りも、岡山から新幹線で今度は小田原まで。向こうに着くのは夜になるわね。店に電話して、十一ちゃんに迎えに来てもらえばいいわよね。

「あらっ?」

私のすぐ後ろに並んで荷物を置いて、そしてちょっと離れて一眼《いちがん》レフのカメラで新幹線の写真を撮《と》ってる若い女の子がいるなぁと思っていたのよね。

撮り鉄っていうのよね。知ってるわテレビでやってるの見たことあるから。

そういう女の子かなぁ、でもそんな感じでもないかなぁと見ていたんだけど。

あの子って。

「ねぇ！　あなた！」

声を掛けたら、ちょっと驚いたふうに私を見て、すぐに「あ！」って口を開《あ》けたわね。

「〈国道食堂〉の」

「そうよ！」

あなた、女性カメラマンよね。女性カメラマンって変な言葉よね。なんだったかしら。

そうそうフォトグラファー。写真家。

この間お店に来た、名前は、そうそう。

「高幡《たかはた》しずかちゃんよね」

「はい！」

びっくりだわ。こんなところで。

「お仕事なの？」

「そうなんですけど、え、ご旅行ですか？」

「旅行ってもんでもないんだけど」

すっごい偶然。

「この新幹線に乗って今から帰るのよ」

「あ、私もこれに乗るんです」

あらあらあら。


旅は道連れ世は情けって言うわよね。切符を見たら指定席で同じ車両。座席は離れていたんだけど、車掌《しゃしょう》さんに確認したら私の隣が空《あ》いてるからって、しずかちゃんのをこっちに換えてもらったの。

だってねぇ、こんな偶然滅多にないわよねぇ。

しずかちゃんはこんなおばあちゃんの隣でその話し相手は嫌かもしれないけど、淋しくなくていいじゃないねぇ。どうせ乗ってる間は写真なんか撮れないんだろうし。

あら、でも車窓からの写真なんかも撮るのかしら。

しずかちゃん。高幡しずかちゃん。

この間もうちのお店の屋根に上って写真撮っていたわよね。まるで登山家みたいにロープを身体に取り付けて。フォトグラファーって凄《すご》いわね。いい写真撮るためだったらどんなこともやるみたいな感じで。

「あらそういえば、私はふさ子ですからね。みさ子じゃないですよ」

ちょっと笑ったわね。

「実は、どちらかなって思っていました」

「そうよねぇ」

あのときにね、皆で自己紹介はしたけれど、一度会っただけのおばあちゃんの双子なんて、どっちがどっちなんて覚えられないわよね。

「今日もロープ持ってるの？」

「ロープ？」

訊《き》いたらちょっと首を傾《かし》げてから、少し笑った。この子の笑顔愛らしいわ。笑窪《えくぼ》ができるのよね。

「今日は持ってません。あれは車に積んであるものなので」

「そうよね」

大きなリュックがひとつ。バックパックって言うんだったかしら最近は。

荷物を置いて、座席に座って。

「あ、窓側にしますか？」

いいのよあなたが窓側に座って。私そんなに窓側好きじゃないの。流れる景色を観るのってなんか疲れるような気がしない？　ときどきちらちらと観る方が好きだし、新幹線速過ぎるし。

そもそも乗り物に乗ると眠っちゃうのよねわりと。でも今日は、昨日本当に久しぶりにお酒を飲んでぐっすり眠ったから、眠くならないと思うんだけれど。

「こうやって、日本中を巡《めぐ》って撮っているの？」

「そう、ですね」

ちょっと考えたわね。何にも知らないおばあちゃんにどう説明したらいいか考えたのね。

「私は、フリーランス、つまり自由業なんですね。どこの組織にも属していないので」

「うん」

わかるわよそれぐらいは。

「ですから、撮影には二種類あるんです。発注があって請け負ってやる撮影と、自分の将来のために自腹を切ってでもする撮影。写真家も芸術家の一人と考えてもらったらわかりやすいと思うんですけど」

「自分の作品を作る、撮るのね。どこから頼まれなくても、撮影しに回って。アーティストなのよね写真家も」

「そうですそうです。今日は依頼があって撮影に来たので、こうやって新幹線の指定席なんかに座っています。経費で請求《せいきゅう》できるので。これがもし自分の作品のためなら、車でガソリン代だけで移動します。その方が安く上がりますから」

「うちに来たときみたいにね」

「そうなんです」

私は〈国道食堂〉でしか働いたことないけれども、わりとうちの店っていろんなお客さんが来るのよね。そして、けっこうあれこれお喋《しゃべ》りしていく人も多いのよ。

「写真家っていえばね、亜津本《あつもと》さんって知ってる？　亜津本正樹《まさき》さんって写真家さん。もうおじいちゃんだけど」

「もちろんです」

やっぱり有名なのね。

「あの人、昔はよくお店に来てくれたのよ」

「え！　そうなんですか？」

「十一ちゃんがね、まだ現役の頃《ころ》に写真をよく撮ったのよね」

あー、っておでこに手を当てて、ちょっとびっくりしたわね。

「そうでした。見ていますす私その写真。うわー、ぜんっぜん頭になかったです」

なんだか悔《くや》しそうね。

「十一ちゃんを見ても気づかなかったのが悔しいの？」

「悔しいっていうか、そうですね。いえ、あの本橋《もとはし》さんですね。十一さん。いい被写体だっていうのは会ったときから思っていたんですけど、どうして撮ろうと思わなかったのかって」

「やっぱり悔しかったのね。気づかなかった自分が」

不覚でしたって苦笑《くしょう》したけど、不覚なんて言葉使うのねまだ若いのに。あ、発車しまーす。

この動き出すときの感覚、ちょっと嫌なのよね。そもそも私って乗り物に弱いのかもね。

「しずかちゃんはおいくつ？」

「三十六歳です」

「お一人なの？」

こくん、ってちょっと恥ずかしそうに頷《うなず》いたわね。

「独身です」

今はねぇ、結婚が女の幸せなんていう時代じゃないしね。仕事があって生きていけるんなら。

ましてや自分の好きなことをやってるんだったらねぇ。

「十一ちゃんも独身なのよね。もう五十過ぎなんだけど」

「あ、そうだったんですか」

「そうなの。若い頃はね、ほらけっこう有名なプロレスラーだったし、いい身体《からだ》してるしいい男でしょ？　今でもイケるわよね？　十一ちゃん」

うんうん、って笑ってるわね。

「カッコいいと思います」

「縁がなかったのよね。あ、でもね。今いい人がいるのよ。私たちが紹介したんだけどね。保険の外交員をやってる和美ちゃん」

「和美さん？」

ちょっと表情を変えたわね。

「加藤和美ちゃんっていうの。知り合いじゃないわよね？」

「いえいえ違います」

「バツイチなんだけどね。今のところいい感じなのよ。結婚式をやってくれないかなぁって思ってるのよね。あの店で」

「え、お店でですか？」

そうなのよ。

「けっこうね、私たちの、たちって私とみさ子ね。私とみさ子のちょっとした夢なんだけどね」

十一ちゃんが結婚式をあのリングの上でやるのよ。

「リングで」

「そう。いいと思わない？　ずっとね、十一ちゃんが店を継いでくれたときからね。そんなことを話していたのよ」

せっかく、十一ちゃんが汗と血を流してきたリングがそこにあるのよ。あの子の人生の半分ぐらいが詰まったプロレスのリング。じゃあ、そこで新しい人生の門出《かどで》である結婚式ができたらそりゃあ嬉《うれ》しいじゃないってね。

「まぁそんな話をしてもう二十年ぐらい経《た》っちゃっているんだけどね。でもようやくね、その夢が叶《かな》うかなぁって」

「その、保険外交員の方ですか」

「そうそう、加藤和美ちゃんね。なんだかね、詳しくは聞いてないけど、前の結婚はひどかったらしくてね。二度と結婚なんかしないって思って女一人で生きてきたみたいなんだけどね」

十一ちゃんのことをとても気に入ってくれたみたい。

「まだ具体的な話にはなってないみたいだけど、デートはしてるのよ。お店にもよく来てくれるし」

「そうなんですね」

気のせいかしらね。しずかちゃん、何かちょっと思うところがあるみたいな顔だけど。

まさか。

「しずかちゃん」

「はい？」

「十一ちゃんに一目惚《ひとめぼ》れとかしてないわよね？」

「え!?　どうしてですか？」

「いや、何か考えたような顔をしたから」

笑ったわね。その笑顔は、違うわね。

心の底から可笑《おか》しくて笑ったわね。

「そんなのは、そんなのって失礼ですね。いえ、十一さん、いい人だっていうのはもう初対面でも伝わってきましたけど、大丈夫です。私のタイプではないです」

「それならいいんだけどね」

「あの、ふさ子さん。今日は旅行じゃないってことでしたけど」

「あぁ」

そうね。

「お葬式でね。こっちに来たのよ」

そうなの。

「この年になるとね、もう外に出るのはお葬式ばっかりよ。あたりまえだけど結婚式なんかもう何十年も出てないわ」

「どなたか、ご親戚《しんせき》の方、じゃないですね。みさ子さんがいないんですから」

うん。察《さっ》しがいいわね。

他人に話すようなことじゃないけど、いいわよね。旅は道連れ世は情けよ。ちょっと意味合いが違うと思うけど。

先は長いわ。旅の慰《なぐさ》みになるでしょう。

「私とみさ子はね、双子だっていうのはもうわかってるわよね」

「はい」

「それでね。二人とも学校を出てからずっと〈国道食堂〉で働いているのよ。十一ちゃんのお父《とう》さんがあの店を作ったの。十一ちゃんの実家があそこなのよね」

「あ、そうだったんですね」

何十年になるのかしらね。

「五十何年になるのかしらね。ずっとあそこで働いて、そしてみさ子は一度も結婚しなかったの。独身なの。もう絶対にしないだろうからこのまま独身で一生を終えるわね。私は、一回したのよ。バツイチね」

うん、ってしずかちゃん。頷くしかないわよねこんな話。

「その私の結婚相手。別れた旦那《だんな》さんのね、お母さんが亡くなったのよ。そのお葬式に行ってきたの。だから、みさ子はいないで、私一人だけ」

「つまり、元お姑《しゅうとめ》さんですか?」

「そう。随分《ずいぶん》長生きされたのよ。九十五歳ですって。大往生よね」

そうでしたか、ってしずかちゃんが頷いた。

「じゃあ、別れたとは言っても、その後の関係は良好《りょうこう》だったんですね。わざわざ四国までお葬式に行くぐらいですから」

そう思うわよね。普通は別れた旦那のお母さん、元の姑さんのお葬式には行かないわよね。ましてや別れてもう何十年も経っているんだから。

「良好というか、そうね」

これも話しちゃおうか。赤の他人だから、ひょっとしたらもう二度と会わないかもしれないからこそ話しちゃってもいいかもね。

それに、ここでバッタリ会うっていうのは、縁なのよねきっと。

私も、誰かに話したかったのかもね。

何にも知らない人に。

☆

別れなさいって言ったのは、お義母《かあ》さんだったのよね。それがあなたのためだって。結婚してすぐよ。

そう、すぐだったの。

違うのよ。結婚に反対だったわけじゃないの。

前の旦那はね、実業家だったの。出身は四国の高松《たかまつ》ね。そうそう、それで実家があっちなのね。そもそもが大きな地主さんみたいなお家《うち》でね。お祖父さんの代から手広く商売をやっていて向こうでは名家だったらしいわ。それで旦那も生まれたときからお金持ちで、長じてからは実業家で、若い頃から実家の豊潤《ほうじゅん》な資金を使っていろいろ事業をやっていてね。

黒松岳《くろまつだけ》っていうのが近くにあるのよ。〈国道食堂〉の。

あら知ってる？　そうそうけっこう景色の良いところでね。

そこに観光ホテルを建てようとやってきたのよ。元旦那がね。

そう、お店のお客さんだったのよ。

そりゃああの山の上にホテルを造ろうっていうんだから、たくさん作業員もいるわよね。皆がうちにご飯を食べにやってきてくれたわ。

元旦那もね、いやだ面倒くさいわね。佐竹信司《さたけしんじ》っていうの。信司さんね。

信司さんもね、足繁《あししげ》く現場に通っていて、そうしてご飯を食べに〈国道食堂〉にも来てくれたのよ。あの辺には昔っからうちしか食べ物屋さんはないからね。

良い男だったのよ？

これは、後でみさ子でも金ちゃんにでも訊いていいけれど、本当に映画俳優みたいに良い男だったのよ。ハンサムよ。昔の言葉ね。今ならイケメンね。

しかもお金持ち。凄いでしょう？

資産家の息子でイケメンで儲《もう》かっていた実業家よ。いるのよねぇ世の中にはごくたまにそんな男が。

そうなのよ。そんな滅多《めった》にいない男が、私に惚れてくれたの。いやねもちろん惚れたのは私もなんだけれど。

その頃はまだ生きていた十一ちゃんのお父さんもお母さんも、そして金ちゃんもそりゃあ心配したわ。

何か騙《だま》されているんじゃないかって。

だって私はね、そう、みさ子もだけど、この通り美人でもお金持ちでもない本当に普通の、むしろ普通よりは地味で今で言うところの底辺に住まうような女の子だったのよ。

どうして信司さんみたいな男がってね。

でも、私は騙されていたとしても失うものなんか何にもないしね。名誉も財産もあるわけじゃなかったし。失うとしたら女の操《みさお》だけよ。そんなのはね、いつかは誰もが失うものなんだし。

結婚しようっていう信司さんの言葉を信じたわよ。

ロマンス？

そうよね、本当にロマンスだったのよ。

大金持ちのハンサムが、田舎の純朴《じゅんぼく》な普通の美人でも何でもない女の子を、迎えに来たのよね。

指輪を持ってね。

僕と結婚してくださいって。

私はね、身内はみさ子しかいなかったから簡単よ。

あぁそうね、言ってなかったけど両親は早くに死んじゃってたのよ。そう、みさ子と二人きりの家族だったの。だから父親に結婚させてくださいって言いに来ることもなく、それこそみさ子にだけよ。結婚させてくださいってお願いに行ったのは。

双子のね。

考えるでしょう？

私とみさ子ね、今でこそ何となく区別はつくんじゃないかってぐらいになったけど、若い頃はそりゃあもう本当に瓜二《うりふた》つだったのよ。親でさえ間違うぐらいに。

だから、一体信司さんは私のどこに惚れたのかって。みさ子でも良かったんじゃないかって。

そうなると、やっぱり性格だろうとね。みさ子と私は性格は全然違うの。みさ子はどっちかと言えばさっぱりした男っぽい女の子ね。私は、まぁ普通よ。本当に普通の女の子。大人《おとな》しかったわね。

今はねぇ、いろいろ大変な時代を生き抜いてきておばあちゃんになっちゃったから、それなりに図太くたくましくなっちゃったけれど、本当に大人しい女の子だったわ。みさ子が男っぽかったから、その後ろに隠れるみたいにね。何でもみさ子についていけば良かったし。

そうね、もしも結婚したら三歩下がって影を踏まずみたいなね。

そこだけだったのよね。

違いは。

でもね、結局のところ別れてしまったの。

それも結婚してすぐよ。一年も経たないうちによ。正確には離婚したのは十ヶ月後だったけど、帰ってきたのは一ヶ月後ぐらいだったわ。

☆

「お舅《しゅうと》さんもお姑さんもね、とても良くしてくれたのよ。結婚に反対はなかったし、盛大な結婚式を向こうで挙《あ》げてね。とても祝福されたのよ」

「じゃあ、何かあったんですか」

何か訊きづらそうな顔をしてしずかちゃん。

「あの、たとえば、その時代はまだそんな言葉もなかったと思いますけど、DV、夫の暴力とかそういうの」

「ドメスティック・バイオレンスね。それぐらいはわかるわよ。世情にも通じたおばあちゃんよ」

そんなことは、なかったわ。

「そもそも二人きりで過ごしたこと自体が一ヶ月もなかったんだからね。向こうもDVをやる暇《ひま》なかったんじゃないかしら」

「じゃあ、どうして、って訊いていいんですか。その義理のお母さん、お姑さんが別れなさいって言ったのは」

「いいわよ。ここまで話したんだからね。実はね、みさ子も関係しているの」

「みさ子さんが？」

「あの子ね、どうしても信司さんのことを信用し切れなかったのね。私は恋をしちゃってたから見えなかったり感じなかったりしたんだろうけど、恋をしなかったみさ子には、そして同じ顔の双子だったあの子には何となく感じるものがあったのね」

「感じた、って」

「信司さんの裏側ね」

大胆よねやっぱりみさ子って。

「私の真似《まね》をして、信司さんと二人きりで会ったの」

「真似をして？」

「つまり、大人しい女の子を演じて信司さんと会ったのよ。私のふりをしてね」

眼を真ん丸くしたわね。驚くわよね。

「まさかそこで信司さんは、みさ子さんと」

「何にもなかったわよ。みさ子もすぐに私はふさ子じゃないわよ。みさ子よってバラしたから。そんなことはするけれども私に嘘《うそ》をつく子じゃないから。でも、そこでね」

信司さんはびっくりしたけど、笑っていたらしい。

「そしてね、誘ったのよ。みさ子を」

「えっ！」

「もちろん冗談めかしていたみたいだけど、もしもその気になったら、いつでもどうぞって。僕は構わないですよって」

冗談だったとしても、そういう冗談は私とみさ子が二人でいるときに言わなきゃ駄目《だめ》な冗談よね。もちろん冗談でも言っていいものと悪いものがあって、これは確実に駄目な冗談よね。

「それで、ですか？　それで別れたんですか？」

「それを、みさ子は結婚式のときに、お義母さんに言ったのね。こういうことがあったんだけどって。そうしたらね、お義母さんはわかっていたみたい。自分の息子はそういう男だって。だから、私に言ったのよ。『間違いなく、息子は浮気をする。浮気どころか愛人を二人も三人も作るような男になる。あなたは正妻としてそういう夫を許容《きょよう》して、それでもじっと待って家庭をただ守る妻になるの。それでもいい？』って」

びっくりでしょ？　そんな顔になっちゃうわよね。

「結婚する前に言ってくれなきゃ」

「そうよねぇ。でも、まぁそういうのが男の甲斐性《かいしょう》とか、許されていた時代っていうか、まぁあるよねぇ、で済まされていた頃でもあったのよね」

　金持ちの夫が外に愛人を囲っているのが珍しくないっていうか、そんなもんだろうって。

「映画とかでは観たことありますけど」

「お妾《めかけ》さんとか、二号さんとかね。そもそも愛人なんて言葉も私たちが若い頃に出てきた言葉よ。でもね、結婚前はそんなことこれっぽっちも思わなかったの。考えもしなかった」

「みさ子さんも、結婚前にどうして言わなかったんですか」

「言ったってどうしようもなかったって。たぶん私も否定したわよね。そんなことないって。そういうものでしょう？　結婚前の女って」

　うーん、ってしずかちゃん考えたわね。

「そうかもしれませんね」

「そうでしょ？」

「でも、たった一ヶ月で別れたって、その時点でもう愛人とかがいたってわかったってことですか？」

　それはないわ。

「結局許せなかったのよ。私は」

「何をですか？」

「みさ子を誘ったことよ」

冗談だったとしても、軽口だったとしても。

「私を傷つけるならまだしも、私の大事なみさ子をその一言で傷つけたことが、そういうことをしてしまう人だってことが、許せなかったの」

何よりもね。

「それを聞かされても私が結婚生活を続けることで、私がみさ子をずっと傷つけ続けることになるって思ったのよ。そういう夫だとわかっていて暮らし続けることがね」

そう思ったらね、もう結婚生活を続けることはできなかったのね。

「あれかしらね。自分の夫より、妹の方が大事だったってことよね」

「向こうのお母様は、ふさ子さんのことを思ってくれたってことなんでしょうか。それとも息子にふさわしくないって気づいたんでしょうか」

どうなのかしらね。

「両方かもしれないわね。でもね、何年前かな、身体の自由が利かなくなるまでずっとお手紙とかのやりとりはしていたのよ」

ずっと私のことを思ってくれていた。

「あら、もうすぐ名古屋ね。乗り継ぎは時間あるわよね。美味《おい》しいお弁当でも買いましょうよ」

名古屋ならきっと美味しいものがいっぱいあるわよね。

「あの、この間ちょっと訊きそびれちゃったんですけど」

「何かしら」

「私、働く女性たちの写真をずっと撮っているんです。それを写真集にする予定があるんですけど」

「あら凄いわ」

「ふさ子さんとみさ子さんの写真を撮らせてもらっていいですか？」

私たちの？

「こんなおばあちゃんの写真を撮るの？」

「はい。〈国道食堂〉で働いているところを」

それがひょっとして本になるってことなのかしら。

「恥ずかしいわねぇ」

でも、いい冥土《めいど》の土産《みやげ》になるかもしれないわね。

「いいわよ。どんどん撮っちゃって」

「ありがとうございます！　じゃあ、みさ子さんにもお願いして許可を取ってから」

あら。

「あの子はいいわよ。目立ちたがり屋だから、どんどん撮っちゃって」

文句なんか言わないわ。

何だったら自分のページだけ増やしてって言い出すわよ。

2nd season

鈴木みのり　二十四歳　株式会社日番印刷　インハウスデザイナー

グラフィックデザインの胆《きも》は、引き算。

私が尊敬しているデザイナーさんの言葉。でも、彼の言葉っていうよりも、デザインの基本。

広告のポスターとかチラシとか、いわゆる宣材は文字通り宣伝するための材料。その中に、たくさんのお客様に伝えたい情報を詰め込んでいかなきゃならないもの。でも、人間っていうのは基本的にたくさんの情報を一度に処理できないんだ。そりゃあ、できる人もいるんだけど、処理するためには脳がたくさんの仕事をいっぺんにしなきゃならない。それはめんどくさいからしたくない。できるだけ簡単に処理したい。それが人間って動物なんだ。

だから、ポスターとかに日付とか場所とかなんとかかんとかたくさんの情報が入っていても、読みたくない。

でも、宣伝する側は、できるだけたくさんの情報を与えたい。

グラフィックデザインは、そこに美しさを加える作業。

いかに情報を少なくしてなおかつ美しいものにしてさらにはイメージをきちんと伝えて、パッと見た瞬間になにかしらのインパクトを与えて、読んでみたい見てみたいここにない情報が欲しい！　と思わせなきゃならないんだ。

あるいは、強烈なイメージを与えなきゃならない。

広告デザインっていうのは、実はこの世で最も美しく厳しく難しいデザインなんだって思う。

思っているんだけど、美しいものを作りたいんだけど、ただのインハウスデザイナーにはそんなクリエイティブなものは邪魔でしかない仕事が多い。

クライアントのお客様たちにとっては、自分たちの宣伝材料を自分たちの思うように作ってほしいもの。

でも、お客様。

お客様たちはグラフィックデザイナーではないんです。

作れないんです。

だから、私たちの言うことに耳を傾けていただきたい。

私たちは、あなたたちの希望をできるだけ叶《かな》えてなおかつ素晴らしいものを作るために誠心誠意やりますから。予算と納期の関係でできることとできないことをちゃんと説明しますので、それをきちんと聞いて理解してください。

あともうひとつ。

デジタルは魔法じゃないです。

一瞬でポスターができたりしません。

ひょっとしたらあと十年後にはＡＩで一瞬にして希望通りのポスターやチラシができあがる時代が来るかもしれないけれど、今はできません。

私たちが、手作業で作っているんです。最初に決めた最終納期のスケジュールに合わせて。

それと、印刷所も魔法なんか使えません。

スケジュールで動いているんです。

あなたたちだけのために機械を空《あ》けて待っているわけじゃないんです。

それと担当営業さんにも、同じことを言いたいです。お客様の言うことにできるだけ応えるのも営業の仕事だってわかっていますけれど、できないものはできないとちゃんと言ってください。お客様に。

「っていうグチをね。毎日じゃないけれどいつも抱えているの」

「なるほどねー」

裕《ゆたか》くんが、ハンドルを握りながら頷《うなず》いた。

裕くんの相槌《あいづち》って、すごく素敵なんだ。

何でもないごくごくあたりまえの一言なんだけど、そこに〈ちゃんと話を聞いてちゃんと考えているよ〉っていう響きがこもってるのを感じ取れる。そういうふうに感じてしまう。

それは理学療法士っていう仕事を選んだのと、きっと関係していると思うんだ。

人に寄り添って、その人のためになることだけを考えて、仕事をする。優しくするだけじゃなくて、どうしたらその人の身体《からだ》がよくなるかを考えて、厳しくもする。

そういうことができる人って、やっぱり資質だと思うんだ。私たちデザイナーもまた持っている資質が全てみたいなところがあって、それと似ていると思う。どんな仕事でもそうなのかもしれないけれど。

同じグラフィックデザイナーという肩書きを持っていても、大きなポスターを作れる人とパンフレットみたいなものしか作れない人がいる。

もちろん、デザイナーを名乗るからには紙媒体《ばいたい》なら何でも作ろうと思えば作れるんだけど、そこに圧倒的な差が生まれる。

それはやっぱり持って生まれた、あるいは育《はぐく》まれた資質なんだ。

裕くんの、この誰《だれ》かに寄り添える感覚って、どうやって育まれたのか。お父《とう》さんとお母《かあ》さんはどんな人なのか。

まだ一度しか会ったことないんだけど、お父さんもお母さんも素敵な感じだった。お母さんはとにかく明るい笑顔の人でたくさん喋《しゃべ》る人で、お父さんはどちらかと言えば寡黙《かもく》な感じの人だった。それも取っ付きの悪い寡黙じゃなくて、静かにじっと人の話を聞いている感じの人。

神奈川県の国道五一七号線。

ここを走るのは、二回目。

初めてのドライブデートのときに走った道。〈国道食堂〉を探しながら見た風景。

「その、インハウスデザイナーってさ。つまり、みのりさんの場合は印刷屋さんの社員デザイナーってことだよね？」

「そう」

「じゃあ、そういうっていうのも変だけど、お客様の細かい要望に全て応えるためにそこにいるわけだから、グチも言えないってことだね。そのためにお前たちがいるんだ、ってことで」

「そういうことなんだよね。そもそもは、印刷する直前に直さなきゃならないところが見つかって、戻して直してもらう時間もないときに印刷所内で対応するために置かれた職種だからね」

大昔の話だけれども、印刷屋さんにデザイナーなんかいなくて、単純にその辺に詳《くわ》しい人がやっていた時代もあったって。

「パソコンが使われるようになってから、一気に時代が変わったって話だよ」

「僕らが生まれる前の話だよね」

「そうなの」

私たちは、物心ついたときにはもう、そこにパソコンがあるのがあたりまえの生活だった。

「パソコンを使わずにどうやってデザインして印刷していたんだろうって、一応は勉強したけど、やったことないからまったくわからない世界」

たとえば、うちの部長クラスの人でギリギリその辺に引っ掛かって、課長でも全然やったことない人も多い。

「小菅《こすが》さんだっけ、直接の上司は」

「あぁそう。よく覚えてたね！」

「会った人のことは忘れないんだよね。特技」

そうだった。

裕くんの記憶力の凄《すご》さに何度か驚いているけれど、それは人に対してだけ。ほんの数分かでも話した人の顔と名前はゼッタイに忘れないんだよね。

部長の小菅さんとも、何ヶ月か前に休日に街でバッタリ会って、ちょっと紹介しただけ。

付き合っている彼氏ですって。

まだご報告する段階じゃなかったんですけど、いずれ結婚する予定の人なんですって。

時間にして一分にも満たなかったはず。

「もしもさ」

裕くんが軽くハンドルを動かしながら言う。

「一年か二年後に結婚式するときにね」

「うん」

「僕のところの人とか、みのりさんの会社の人とか呼ぶわけじゃないか。披露宴《ひろうえん》とかに」

「そうだね」

たぶんそういう披露宴もすることになると思うけど。

「上司って、小菅さんを呼ぶことになるのかな」

「えーと」

どうなんだろう。もちろん会社の仲の良い人は呼ぶつもりだったけど、上司も呼ばなきゃならないよね。

「そうなると、私のデザイン室には上司はいないんだよね」

「いないの？」

「そう、皆がデザイナーで横並び。チーフはいるけれど、それは仕事の案件によってそれぞれが担当するから」

「あ、なるほど」

「それで、室長はデザイナーじゃないんだけど、営業部の小菅部長が室長兼任しているので、直接の上司になるんだ」

でも、全然一緒に仕事はしたことない。

「ないの？」

「だって、デザイナーじゃないもの。営業だから仕事を割り振りして決裁をするだけ。クライアントとのやりとりは直接の営業担当の人間が責任者になってやるから。室長がデザイン室にくることだってほとんどないんだ」

そうなのか、って、裕くんが珍しく顔を顰《しか》めた。

「え、小菅部長が、どうかした？」

ほんの一分しか会ったことないのに、どうかするはずもないんだろうけど。

「いや、どうもしないいんだけど、そういうことかって思った」

そういうこと？

「上司にしては、みのりさんのことを何にも見てなかったなー、ってあのとき思ったんだ」

「見てなかった？」

うん、って頷いた。

「普通、っていうか、上司と部下って仕事上だけでも付き合いがあるんだから、お互いにお互いのことをきちんと見るよね？　特に上司は部下の、査定《さてい》だっけ？　そういうのも見極めなきゃならないよね？」

「そうだね」

うちの会社は、特にデザイン室にはそんなのはないけど、普通はあるよね。

「それが習慣になっているだろうから、休日にバッタリ会ったとしても、小菅さんは上司としてみのりさんを見るはずなのに、全然見ていなかった」

「その見ていなかったっていうのは、見ているのに、見ていなかったって感覚?」

そう、って前を見ながら裕くんは頷いた。

「部下が結婚する予定なんですって知ったら、多少はいろいろ思うはずなのに、あの人の目はまったくみのりさんを見ていなかったって感じた。『それはおめでとうかな?　まだ早いかな』って言って笑いながらも、目は全然笑ってなかった。だから、変だなーこの人って思ったんだあのとき」

「そうだったの」

そんなふうに、裕くん感じたんだ。それもやっぱり理学療法士としての、人を見る目なのかなぁ。

私もそんなに小菅室長と話すことはないんだけど、ごく普通の人としか思っていなかったけど。

「でも、気にすることないと思うよ。そもそも滅多《めった》に話さない上司なんだし、だから披露宴でも呼ばなきゃダメなのかな、ってさっきちょっと考えちゃったもの」

「そうなんだね」

「決まったら、社内で結婚とかした人にちゃんと訊《き》いてみるから。上司を呼ぶときにはどうしているのか」

「うん」

結婚することは二人の間で決めているけれど、実際に式を挙げるのはまだ先の話。裕くんが仕事にもう少し慣れて、自分のポジションというものをちゃんと理解できるようになると思われる一年か二年先。

それから、二人できちんと暮らしはじめようって話している。

「あ」

見えてきた。

〈国道食堂〉。

私たちが初めてドライブデートしたときに行った場所。

初めてだったのに、ちょっと変わった形のデートになって、カレーとギョーザを東京まで運んで、あそこのおじいさんとも一緒に車で走って、そのおじいさん、金一《きんいち》さんに『君たちは結婚するね』、って予言されて。

その予言通りになるから、おじいさんの金一さんが元気でいるうちに会いに行こうって話していたんだ。

お年寄りの方が、お元気だったのにまるでロウソクの炎を吹き消すようにその命の灯が消えてしまうことも、裕くんはわかっているから。

それに、あの佐々木《ささき》さんが亡くなってしまったのも、メールでしか報告していなかったからって。

きちんと話してこようって。

☆

そもそも、出会いは本当に偶然だった。

同じ大学ではあったけれど、裕くんとは学部が違うしそもそもキャンパスも離れているから、普通なら会う機会なんかまったくなかったはず。

それが出会ってしまったのは、大学とは全然違う場所。

バスの中。

裕くんが二年生で私が三年生だった冬の土曜日。

私は仲の良かった伯父《おじ》さんが入院してしまって、そのお見舞いに伯父さんの家の近くの病院に向かっていた。バスに乗るのは久しぶりだなー、なんて思いながら久しぶりに来た街の風景を窓から眺《なが》めていた。

裕くんは、後から聞いたら、実家暮らしの大学の友達がその街にいて、何人かで泊まり込みで遊ぶ予定だった。

私が駅から乗り込んだとき、裕くんも一緒に乗り込んで前の席に座った。

ふっ、と、いい香りがしたんだ。

たぶん前に座った同じぐらいの、たぶん大学生ぐらいの彼からだろうと思って、ちょっと良い感じの人だなって。座り方にも。他にも席がたくさん空いていることをきちんと確認してから、静かにゆっくりと座ったから。

バスが走り始めてすぐだった。

「どうしました？　具合悪いですか？」

その彼が声を掛けたのが聞こえてきた。前の席に座っていた、中年の女の人に。どうしたんだろうと思って私も腰を浮かせた。

中年の女の人が、椅子《いす》の上で身体をくの字にしていた。

「それが、出会いかい」

十一《じゅういち》さん、ほおぉ、って感じで頷きながら言った。

「そうなんです」

午後三時。この時間になると一気にお客さんが来なくなって、暇《ひま》になるんだって聞いていた。だから、朝ご飯も遅くして二時過ぎに着くようにして、さっき美味《おい》しいご飯を食べたんだ。

裕くんはたっぷりのミートソースがかかったスパゲティ。パスタじゃなくていかにもスパゲティ！　って感じで麺も炒《いた》めたもの。私は卵がつやつやしている親子丼。二人で分け合ったけど、どっちも美味しかった！　前に来たときに食べたのも、本当に美味しかったから、ここのメニューは何を食べても美味しいのかも。

「それでぇ？　そのおばさんは無事だったのかい？」

金一さんが言うので、頷いた。

「急性の胃腸炎とかだったようです。後で裕くんにお礼のメールが来ました」

けっこう大騒ぎだった。

裕くんは着ていたジャケットを脱いで床に敷いて、女の人を寝かせて、私はバスの運転手さんに住所を確認しながら救急車を呼んで、そうしたら救急指定の病院がすぐ近くにあるから、直接向かった方が早いって運転手さんが言って、別の前の席に座っていた人がたまたまそこの病院に行く人で電話番号を知っていた。

「ものすごい連係《れんけい》プレーだったのね！」

双子のおばあちゃんの、みさ子さんかふさ子さんのどっちかが言った。そうなんです。すごい連係プレーだったんです。

「それで、そのままバスは停留所からは少し外《はず》れたけどそこの病院に横付けして、僕とみのりさんがおばさんを抱きかかえて降りて」

そこで後は病院の人たちに任せてもよかったんだけど、気になるしどうしても時間通りに行かなきゃならない用事でもなかったから、二人で病院にとどまって。

私は結局伯父さんのお見舞いには遅れちゃったし、裕くんも遊びに行くのが大分遅くなったけど。

「二人で、その救急病院の近くのカフェでお茶して」

そこでようやく自己紹介をして、同じ大学だってことがわかって、連絡先を交換して。

「それから、お付き合いが始まったのね」

加藤和美《かとうかずみ》さんという人が言ったので、頷いた。和美さんはどうやら十一さんの恋人らしい。今日初めて会ったけど、優しそうな女の人。

和美さんが、ちょっと悪戯《いたずら》っぽく微笑《ほほえ》んだ。

「そんなことがあったのなら、もう絶対に好感を持っていたわよね？」

「はい」

恥ずかしいけど、頷いた。その通りです。

私はもうそのときには裕くんに好感を持ってた。

バスで前の座席に座った人が、具合悪そうなことに気づいて、すぐに声を掛けて、自分のジャケットを床に敷くなんてことが自然にできる人。ゼッタイにいい人に違いないって。

でも、それから会う機会がなかなかなくて、連絡もちょっと取りづらくて、そのうちにまたばったり会ったのが、またバスの中だった。

バスには滅多に乗らないのに、乗ったときにまた会うなんてって、二人で笑ってしまったんだ。

「そういう運命的な出会いってのは、あるもんだなぁ」

ニコニコしながら十一さんが言った。本当にそう思う。あの日、あの時間にバスに乗らなかったら私と裕くんは出会わなかったわけで。

そして、出会ったとしてもそれから付き合い出して一年経ったらもうこの人と結婚するんじゃないかってお互いに思い出して、そう決めるなんて。

本当に、出会い、としか言い様がないと思う。

「あれだな、うちに来てくれたのも、あの佐々木さんのリハビリを担当しなきゃなかったわけだからな」

「そうですね」

佐々木さんは亡くなってしまったけれど、そのおかげで私たちはこうして美味しいお店の人たちと知り合いになれて、思い出の場所ができて。

きっと私と裕くんは、東京からはけっこう離れているけれど、ここに来ると思うんだ。これからも。

「結局佐々木さんが他のことを何にも思い出せなかったのは、残念だったんですけど」

裕くんが言って、十一さんと金一さんが、ちょっと顔を見合わせた。

「そうだな。残念だったな」

十一さんが、小さく息を吐いた。

「それでな、地崎《ちざき》くんよ」

「はい」

「それからみのりちゃんもさ。その佐々木さんのことだけどな」

何だろう。皆が少し表情を変えたのがわかった。

「実はな、佐々木さんがな、うちのお客さんだったときのことが、まぁある程度はわかったんだよ」

「わかったんですか!?」

裕くんが少し大きな声で驚いた。

「おう、わかったんだ。でもな、ちょいと因縁《いんねん》めいたことがあったのもわかってさ。あ、因縁って死語か。わかんねぇか」

「わかります。あまり良くない関係ってことですか？」

そう訊いたら、十一さんが苦笑いした。

「そういうことだな。どういうふうに良くなかったかってのは、まぁお二人さんには関係のないことだし、佐々木さんともな、二人はいい関係を築いていたんだからそれだけにしておけばいいからさ。訊かないでくれや」

訊かないでほしいってことは。

「知らない方がいいってことですか」

裕くんが言うと、十一さんが、そうだな、って続けた。

「俺《おれ》たちもな、迷ったんだ」

十一さんが頭を掻《か》いて、金一さんも困ったような顔をした。

「そこんところも、昔のことがわかったことも何も話さないでおこうと思ったんだけどよ。黙ってりゃわかんないってな。でもさ、きっとこれからも二人は店に来てくれるからよ。くれるよな？」

「来ます。もちろんです」

「だから、何かの折にさ、佐々木さんの話になったときに、こっちが微妙な反応するのもなんだし、かえって申し訳ないからさ。そこんところだけは、教えておこうと話し合ってさ」

金一さんも、みさ子さんもふさ子さんも、そして和美さんも小さく頷いたりしていた。

そこのところ。

つまり、佐々木さんとは、あまり良くない関係があった。

でも、佐々木さんはもう一度ここのご飯を食べたいって思っていた。

「十一さんのお父さんの時代でしたよね？」

「そうだな」

「十一さんは、知らないことなんですよね」

「直接にはな。まぁ要するにさ、俺の親父と佐々木さんは、確かに店の主人とお客さんで、そういう意味では良い関係ではあったんだけど、いろいろあって仲違《なかたが》いしたままになって、お互いに死んじまったってことよ。そういうふうに思ってくれよ」

仲違いしていた。

「でも、佐々木さんはそれを後悔していたってことになるんですね」

そうだな、って十一さんは静かに言った。

「ま、めぐりめぐって俺のときにそれがわかるってのも、そういうのも人生ってもんさ。佐々木さんも、うちの飯が旨《うま》かったっていい思い出だけを抱《かか》えて逝《い》ってくれたって思えばな。それでいいもんさ。な？」

裕くんと顔を見合わせて、小さく頷き合っちゃった。そういうふうに言うんだから、私たちとしては、ちょっともやもやするけど納得するしかないと思う。

きっと、私たちには話したくないことなんだ。

それは、たぶん、若い私たちに話すにはふさわしくないこと。ひどいことがあったんだ。

だから、知らなくていいことだって。

「それで？」

パン！　って大きな手を叩《たた》いて、十一さんがニカッと笑って言った。

「お二人の結婚式は？　いつになるんだ？」

「いや、具体的にはまだなんですけど」

つい頬《ほお》が緩《ゆる》んでしまうのがとっても恥ずかしいな。

「僕はまだ就職したばかりですから、一年か二年後には」

「仕事に慣れて、生活のベースができてからってことか」

「そうですね」

「でもぉ、二人でもう暮らしちゃってさ、暮らしのベースを作っちゃうとかねぇ」

「あらそうよね。その方がいいわよね。ご両親には？　もう言ったの？」

たぶんふさ子さんが訊くので、頷いた。

「言いました。お互いに将来を決めて付き合っているって」

「じゃあ」

和美さんだ。ちょっとだけ心配そうな顔をした。

「ご両親の反対とかは、なかったのね？」

「ないです」

それは本当にまったくなかったんだ。

「うちの親は、僕にカノジョができたってことだけでもう大喜びで、フラれないうちにできるものならさっさと結婚しちゃえって」

「私の親も、裕くんと会ったらもういつでも自分たちで決めなさいって」

あっという間だった。

「結婚式も好きなようにやりなさいって。親とか親戚《しんせき》関係とかそんなことは考えなくていいからって」

「いい親御さんだねぇ。そういう親御さんたちがいての、君たちだねぇ」

　良かった良かったって金一さんがニコニコしながら頷いていた。

「そうは言ってもねぇ。結婚式なんてものは、自分たちより親のことを考えてあげた方が丸く収まるからねぇ」

「それは、あるな」

　金一さんに、十一さんも頷いた。

「特にあれだ、みのりちゃんの親な。男親よりも女親にきちんと納得してもらった方が絶対にいいって言うからな」

　そういう話も聞いたことある。

「まぁあれよ。どんなにちゃんとやったってね。失敗するときはするのよ結婚なんてね。私がそうだったからね」

　たぶん、ふさ子さん。

「私がね、バツイチなのよ。みさ子は未婚だけどね」

「若い子に言ったってつまらないネタよ、やめなさい。和美ちゃんが言うならまだ現実味があるけどね」

「あ、そうですね」

和美さんが苦笑いした。

「私も一度結婚しているけど、離婚したのね」

「つまりはね、みのりちゃん。ここにいる年寄りの皆の言うことはまるで聞かなくていいってことよね。だーれも結婚で幸せにはなっていないんだから」

「いやだからこそよ。まだ若い十一ちゃんと和美ちゃんはこれから幸せな結婚に向けて走り出すんだから。裕くんとみのりちゃんとスタートは同じよ」

ふさ子さんがそう言った。

そうなんですね。やっぱり十一さんと和美さん、二人は恋人同士でこれから結婚するんですね。

「ねぇ、二人は東京で働いているんだから、やっぱり結婚式は東京よね？」

「そう、ですね」

裕くんが、私を見ながら頷いた。

「僕は実家が岐阜《ぎふ》なんですけど、みのりさんはほとんど東京に近い埼玉なので、東京でやればまぁ何とかなるかなって」

「うちはね」

ふさ子さんがニヤッと笑った。

「そこのリングで結婚式をやろうかって話しているのよ」

「え」

「リングでですか⁉」

びっくりした。プロレスのリングの上で。

でも、ありだ。全然イケると思う。

「十一さんと和美さんがですか？」

勢い込んで訊いてしまった。

「いや、元々はな、プロレス好きのお客さんがいてな。その子が結婚するときにはリングの上でやりたいって言い出してさ」

「私たちも言ってたのよ。十一ちゃんが結婚するときにはそこのリングでやればいいってね。だったら二組同時でやっちゃえば予算も半分で済むってね」

「それは向こうにも迷惑だからよ。俺たちのことは後回しだけど、とにかくそこのリングで結婚式はするんだよ」

何か、すっごく良い光景が浮かんできた。リングに立つウェディングドレス姿の花嫁さん。

「いいですね！」

「やるか？　ってわけにはいかねぇよな。こんな田舎までは来られないだろう」

「そうですねー。ここまで皆を呼ぶわけには」

裕くんもそう言いながらも、何かちょっと魅《ひ》かれてるのがわかった。

「そういえば、裕くんは理学療法士って聞いたけど、みのりちゃんは？　何をやってるんだったかしらね？　聞いたかしら？」

みさ子さんだったと思う。

「あ、私はグラフィックデザイナーです」

「デザイナーさんか！　そりゃまた旦那《だんな》とは全然違う商売だな」

「かえってその方がうまく行くわよ。夫婦で同じ仕事してるとキツイって話も聞くわよ」

「そういうもんかね」

「あ、でもデザイン事務所とかじゃなくて、印刷会社の社員のデザイナーなんです」

「ほう、印刷会社の」

「どこの印刷会社なの？」

「日番《にちばん》印刷ってところです」

東京で最大手！　ってわけでもないけれども、そこそこ大きい印刷会社。たぶん規模で言えば、三番手だと思う。

和美さんが、ほんの少しだけど、一瞬だけど眉《まゆ》を顰《ひそ》めたような気がした。日番印刷、って声にならないけれど呟《つぶや》いたのもわかった。

「お知り合いでもいますか?」

「あ、ううん」

慌てたように、首を横に振った。

「いないわ」

でも、そう言った後に、すぐにまた首を横に振った。

「ごめんなさい。嘘《うそ》ついちゃった」

「嘘?」

どうして嘘をつく必要があるんだろう。

和美さんは、唇を一度引き締めて、それから顔を顰めた。

「小菅さんって、まだいらっしゃるかしら。小菅智男《ともお》さんって方なんだけど」

小菅智男。

「います。私の上司です」

顔色が、変わったような気がした。和美さんの。

「お願いがあるのだけど」

「お願いですか」

「その人に、ここの話は一切しないでほしいの。もちろん、私のことも」

それは、いったいどういうことで。

2nd season

桜川順子

三十六歳

巡査部長　武蔵野警察署大尽稲荷前駐在所　育休中

「思い出したっていうのは、そういうことなんだよ」

「そういうこと？」

亨《とおる》ちゃんが、肉じゃがのじゃがいもを口に入れてから、頷《うなず》きながら微笑《ほほえ》んだ。

「ほら、夢の中に誰《だれ》かが出てきたときにはさ、その人も自分のことを考えてくれてるって言うじゃないか」

「あー」

何か、そんな感じの台詞《せりふ》をどこかで聞いたことあるかも。

「きっと、会いにおいでよ、って言ってくれてるんだよ。その、範子《のりこ》さんがさ。私とのことを思い出しに来てよってさ」

そうなんだ。

亨ちゃんはそういうロマンチックというかセンシティブというか何というか、そんな感じのことをさらりと言っちゃうんだよね。

子供が思わず泣いちゃうようないかつい顔に百八十九センチ九十五キロ、柔道三段に剣道五段のでっかい身体《からだ》にまったく全然似合わないけど、けっこう心が乙女なんだ。年の離れたお姉さんがいる影響もあるんだけど、マンガも少女マンガの方が好きなんだよね。私よりもたくさん読んでいるぐらい。

「行ってくるといいよ。何だったら向こうで泊まってきてもいいし」

亨ちゃんがそう言ってくれたし、その日はお母《かあ》さんも来てくれることになった。

どっちみち、育休が明けるあと一ヶ月後にはお母さんもここに引っ越してくるんだし、ちょうどいいから自分の荷物も少し持ってくるからって。

会いに行ける。

もちろん会えるわけじゃないけど、仏壇に手を合わせて、ちゃんと話をしてくる。

範ちゃんに。

旧姓高田《たかだ》範子、結婚して二階堂《にかいどう》範子になった私の親友だった女の子。

もう、向こうに逝ってしまって何年も経《た》つ。

その間に私は憧《あこが》れていた警察官になれて、同じ警察官である亨ちゃんと結婚して、子供ができて育休に入って。

その間、私はちゃんと範ちゃんにお別れを言えてなかったんだ。死んだと聞かされたときには私は交通課で、何件も立て続けに起こった轢《ひ》き逃げ捜査の応援に駆り出されていた。お葬式のときにも、ずっと仕事をしていた。

心の中で、範ちゃんごめんって謝《あやま》っていた。

範ちゃんの実家がもうなかったので、手を合わせにも行けなかった。そうやって日々が流れていって。

昨日、範ちゃんとの夢を見た。

夢の中で高校の制服を着ていた。

範ちゃんと二人でキャンプファイアーの炎を見つめて、二人で楽しそうに笑っていた。あれはきっと学祭の夜だ。

二人でずっと楽しく過ごしていた日々の夢を、見たんだ。

その範ちゃんと初めて会ったのは小学校の入学式。

範ちゃんはすっごく髪の毛が長くて眼が大きくて、まるでそれこそ少女マンガの主人公の女の子みたいで、私はぽーっとなっちゃったんだ。

こんなキレイな女の子が小学校にはいるんだって。そしてお友達になりたいって。

そうしたら、同じクラスになってしかも隣同士の席になって。ものすごく興奮してお母さんに喋《しゃべ》りまくって報告したのを覚えてる。

範ちゃんは、大人《おとな》しい女の子だった。

私がどっちかといえばけっこう、いやものすごく活発な、男勝《おとこまさ》りというか、そういう女の子で遊び方も激しかった。男の子に交じってサッカーやるのも走り回るのも大好きだった。

その私と仲良くなってしまったので範ちゃんもそんなふうにして遊んでいたんだけど、大人しかったけど運動神経が鈍いわけじゃなかったんだ。

どっちかといえば、スポーツが得意な女の子だったけど、たとえばマラソンとか、そういう一人で黙々《もくもく》とやる方が得意だった。

鉄棒なんかも凄《すご》かったな。身が軽いというか、たぶん体操部とか入ってもけっこうよかったんじゃないかと思う。私が最初ちょっと苦労してた逆上がりなんか、範ちゃんは三回も四回も連続してくるくる回っていたっけ。

でも、大人しい女の子だった。

いつもニコニコしていたけれど、自分から喋りかけることなんかなくて、私がずーっと喋って範ちゃんはニコニコしてそれを聞いていた。

「順子ちゃんの話し方が好き」

そんなふうに言ったのは、小学校の高学年になった頃《ころ》だったかな。

帰り道にある金星橋を渡っていて、そうしたら川面《かわも》にカモが十数羽もいて二人で興奮してカモがいるカモ！　ってずっと見ていて。

私は、空想癖《くうそうへき》っぽいものがある女の子で、そういうときに適当にお話を作って延々と話しているようなところがあって。

そのときも、カモの親子の話からカモ対カモの血で血を争う敵対抗争みたいな変な話を口から出任せで喋っていて。

範ちゃんは言ったんだ。

ずっと聞いていられるって。

「将来はさ、アナウンサーになればいいよ」

「アナウンサー！」

「女子アナだよ」

それはきっと範ちゃんの方が似合うってすぐに考えた。

大きくなるとどんどん美人度が増していった範ちゃん。小学校六年のときには、街でアイドルにスカウトされたこともあった。

でも、範ちゃんはそういうものにまったく興味がなかったんだ。

夢は、お嫁さん、って言ってた。

本当にそう言ってたのをはっきり覚えてる。

今思えば、お前は昭和の戦前の女の子か！　ってツッコムところだけど、でも、本当にそう言っていたんだ範ちゃん。

大好きな男の人と結婚するお嫁さんになりたいって。

それも、今思えばだけれど、複雑な家庭環境のせいだったんだろうかって。

「あー、お父《とう》さんもお母さんも、実の親じゃなかったんだよね？」

「そう」

実の親はいるのに、小さい頃に伯父《おじ》さんに預けられて、でもその伯父さんは早くに亡くなってしまって、まったく血の繋《つな》がらない赤の他人のおばさんにずっと育てられて。

「しかも、実の親は二人とも行方不明」

「それも本当にひどいというか、とんでもない話だよな」

今なら、私たちの警察官という立場をしっかりと利用していくらでも捜してあげられるんだけど、全て昔の話。

結局、範ちゃんの生みの親二人はどこでどうしているのか、何故《なぜ》自分の娘を兄に預けて行方不明になったのか、離婚しているのか、等々そもそも他人である私にはまったくわからない。

高校の頃に聞いた範ちゃんの話では、幼稚園に入った頃にもう伯父さんの家に預けられたそうだ。

その伯父さんのことは大好きだったし、伯母さんも優しかったのでそこの家庭は特に問題はなかったのだけど、実の親がどうしてそうなったのかまったくわからなかった。

大人の事情がわかる年になった頃にはもう伯父さんは亡くなられていて、伯母さんに訊《き》いたけれど、伯母さんもよくわかっていなかった。離婚する、という話にはなっていて、その前に少しの間預かるという話で範ちゃんがやってきたそうだ。

でも、離婚したと思ったらそのまま父親も母親も行方《ゆくえ》知れずになってしまった。血の繋がった兄妹であった伯父さんは妹である範ちゃんの母親をもちろん捜したけれど、まったくわからなかったそうだ。

そのまま、伯父さんは亡くなられた。範ちゃんを自分の子供として引き取ってから。おじいちゃんおばあちゃんも死んでしまった。親戚《しんせき》は少しいたけれど、ほとんどわからない。

もしも、普通に二十代で範ちゃんを産んでいたのなら、まだ五十代の可能性だってあるから、年齢的にはまだ充分《じゅうぶん》に生きていられるはずなんだけど。

「そういうのもあって、幸せなお嫁さんになる、という理想像ができあがっていったのかなぁ」

わからないけどね。

「でも、間違いなく幸せな、お父さんがいてお母さんがいて、そして子供がいるという家庭に憧れていた。ゼッタイにそういうのがいいって」

話していたんだ。

「まぁ今話してもどうしようもないことだけどさ。我々が結婚するときに調べただろう？わからなかったの？」

心は乙女のくせに、普通に我々、なんて言葉遣いをするんだよね。亨ちゃん。

「養子にはなっていたから」

実の親が行方不明であることは、まったく問題にはならなかったはず。

実際に、警察官の妻になったんだから。私と同じ。

「そうだよな」

「実際、本当に幸せな結婚はしたんだから」

たとえ一時だけでも、範ちゃんは幸せな家庭を築いた。築けた。子供は産めなかったけれど。

だから、夢は少しは叶《かな》えたんだと思いたい。

思っている。

警察官になってから、いろんな子供絡みの事件を扱ってきた。子供絡みじゃなくても、大人の犯罪や事件や事故にかかわらざるを得なくなってしまった子供たちを見てきた。

女性の警察官は特に、事件や事故に巻き込まれた小さな子供たちの面倒を現場で見ることが多い。それは性差別とかでなく、やはり子供たちが安心するのは男性警察官より女性警察官の方なのだ。そういうものなんだ。

実際に親になって、子供を産んで育ててよくわかる。

母親と父親は、違う。

実際に子供を産む女の感覚は、男のそれとはまったく違う。そしてそれは子供も本能で感じている。一言で言えるものではないけれども、現場で子供の面倒を見るのは女性警察官の役割というのは、正しい理解だと私は思う。

でも、子供に必ずしも親が必要というわけでもない、とも思っている。

親がどんなに優しくても、その反対にひどい親でも、子供っていうのは勝手にどんどん育つんだ。

昔の人が言った、親がなくても子は育つっていうのは本当で、家庭環境が複雑だからってその子が悪い子になるわけじゃない。家庭環境が良くても、その家の子供が皆良い子になるわけじゃない。

むしろ、家庭環境が悲惨《ひさん》であっても、きちんと毎日三食食べられて大きくなった子は、きちんとしている子になるパターンが多いように感じる。

あくまでも私の今までの経験値による感じ、なんだけど。

あ、違うかな。

悲惨な環境になってしまって、それで三食きちんと毎日食べられるのはすっごくありがたいことだって気づける感覚を生まれ持った子供だと、きちんと育つってことなのかな。

そうなると資質ってことになっちゃうんだけど。

何にしても、食べるってことは、とっても大事なんだとつくづく思う。

赤ちゃんがたくさんミルクを飲んでくれると、しっかり美味《おい》しそうにご飯を食べてくれると、本当に安心する。

がつがつ美味しそうにたくさん食べている子供たちを見ていると、嬉《うれ》しくなる。ずっと見ていられそうなぐらい。

母親になって、心底《しんそこ》そう思うようになった。

子供は、未来の宝物。

私と亨ちゃんの娘のひなた。

ひなた、って名前は、日向《ひなた》のように周りの人を暖めて、自然と人が集まってくるような優しくて心地《ここち》よい場所のような、そういう人になってもらいたいって思って、亨ちゃんと二人で話し合って決めた。

警察官という少しばかり特殊な職業の父母の娘になってしまったけれど、そして母親である私も警察官を辞《や》める気はさらさらなくて、普通の専業主婦の家の子供よりはちょっと大変な思いをさせてしまうかもしれないけど。

私たちは、あなたを心から愛している。

あなたを守るためだったら何でもする。

もちろん、法に触れること以外は。

でも、相手が悪党だったなら、武器を持ってあなたを傷つけようとしたなら、きっと私も亨ちゃんも同時に拳銃《けんじゅう》を引き抜いて構えるからね。警告なしに撃つかもね。

あなたを、守るためだったら。

☆

ミニパトで走り回っていた私は、車の運転には自信がある。たぶん亨ちゃんよりも上手《うま》いと思う。

でも、こんなふうに一人でロングドライブするなんていうのは、生まれて初めてかも。まったく知らない道を走るのも、初めて。

六月の晴れた日。まさしくドライブ日和《びより》。

亨ちゃんが仕事をしているときに、娘の面倒を全部母親に任せて自分一人の時間を持つっていうのはやっぱり多少気が引けるんだけど、もう来ちゃっているんだし、きっちり愉《たの》しむっていうか、思うことを思う通りにやってこないと。

二階堂さんの住む駐在所は、小田原警察署皆柄下錦織《みながらしたにしきおり》駐在所。

住所は調べたしナビに入れておけばちゃんと案内してくれるけれど、実は私は、人間ナビと交通課の皆に感心されたぐらいに、方向感覚に優《すぐ》れているんだ。

本当に自分でも感じるんだけど、頭の中に地図がすぐに出てくるの。

住所を確認して、ネットのマップであぁこの辺か、って確認したらもうどこでもゼッタイに迷わないで、しかも最短距離で行くことができる。自分でもどうしてかはわからないけれど、どんなに知らない土地に行っても、東西南北がすぐにわかる。そして一度地図で確認しておけば、東西南北がわかっていれば絶対に迷わない。

迷わない人って、たぶん皆そうだと思うんだけどな。頭の中で東西南北がわかっているから、住所や地図さえ頭に入っていれば、迷わないんだ。

東京から神奈川に入って小田原まで行き、後は国道五一七号線をただひたすら道なりに進んでいけば、錦織に着く。

そこに、小田原警察署皆柄下錦織駐在所がある。

範ちゃんと結婚した、二階堂巡査部長が住む駐在所。そこに、範ちゃんの位牌《いはい》もあるんだ。

「あそこだ」

小田原を抜けてしばらく走ったら上り坂になって、右側に郡山川を見ながら走っていったら途中に〈国道食堂〉という食堂があって、そのすぐ近くの橋を渡ったらもう錦織の集落。

そして、錦織駐在所。

ミニパトが玄関先に停《と》まっているので、その横に車を入れる。連絡はしておいたので、二階堂さんはわかっているはず。

ゆっくりと、玄関から出てきた。微笑んでこっちを見ている。車を降りて、すぐに小走りに進んで真正面に立って、敬礼する。

階級は同じだけれど、もちろん二階堂さんの方が大先輩。私と範ちゃんがまだセーラー服を着ているときに、二階堂さんはもう警察官の制服を着て仕事をしていたんだから。

「桜川《さくらがわ》巡査部長です。ご無沙汰《ぶさた》しております」

二階堂さんが、ゆっくりと微笑みながら返礼してくれる。

「ご苦労様です」


錦織駐在所は、思ったよりも大きな家が付いていた。駐在所自体は本当に小さいんだけれど、繋がっている居宅は五人家族ぐらいでも楽に暮らせるんじゃないかってぐらいの大きさ。

でも、古いことは古い。築四十年とかひょっとしたら五十年ぐらいになっているかも。

私も、そういう家の古さっていうのも感覚的に摑《つか》めるようになってきた。

警察官になっていろんな訓練をしたり案件を担当していると、いろんなものの時間の経過というのに敏感になって、わかってくるようになるんだ。

事件や事故に、時間というものが深く深く関わってくる。むしろそれが全てと言ってもいいぐらいに。時間が経つほどに複雑になったり、反対に単純になっていったりする。現場だって時間によってどんどん変化していく。

だから、良い警察官というのは時間というものをきちんと感覚的に把握《はあく》できるようになっていくものなのだ。そういう資質を持っていないと、良い警察官にはなっていけない。

この家は、錦織駐在所はよい時を重《かさ》ねている建物だと思う。

和室ではなく、洋室の居間に小さな仏壇が置かれていて、そこに範ちゃんの笑顔があった。

これは、しばらく会っていなかった頃の範ちゃんだ。大人になっている範ちゃん。きっと二階堂さんとお付き合いしているか、ひょっとしたら結婚してすぐの頃の範ちゃん。

会いに来たよ範ちゃん。

ごめんね、こんなに遅くなっちゃって。

私もね、結婚したんだ。同じ警察官の男の人と。その報告をする前にいなくなっちゃったもんね。

子供もできたんだよ。

カワイイ、っていっても私と亨ちゃんの子供だから、範ちゃんみたいに美人さんにはならないと思うけど、とってもカワイイ女の子だよ。

会いたかったね。

範ちゃんにも子供ができていて、二人で子供を連れて会いたかったね。仲良しにさせたかったね。皆でどっかに行きたかったね。

亭ちゃんも二階堂さんも警察官だからあれだけど、きっと仲良くできたよね。二階堂さんも亭ちゃんも剣道が得意だから、ひょっとしたら二人は気が合ったかもしれないよ。二人で道場でずっと打ち合ったりしたかも。

残念だったけど。本当に悔しいけれど。

範ちゃん。

私、これからも頑張《がんば》って生きていくからね。範ちゃんの分まで。

範ちゃんが愛した人と同じ仕事をして、たくさんの人たちの、子供たちの、頑張って生きてる人たちの安全と安心を守っていくから。

警察官として。母として。

家から、駐在所に戻った。勤務中の二階堂さんはデスクで書類仕事をしている。その背中は、見慣れた風景。

私たちも駐在署員として、同じ風景の中で暮らしている。

「あぁ」

私の気配に気づいて、二階堂さんが腰を上げた。

「わざわざありがとうございました」

「いいえ、こちらこそ勤務中に申し訳ありません」

大丈夫ですよ、って二階堂さんが微笑む。

「同じ駐在ですから、わかるでしょう」

「はい」

駐在署員は、そう言うと怒られるけれども、少なくとも普通の署に勤務している警察官より時間の使い方が自由になる。

こうやって、誰かが訪ねてきても仕事に追われることもなく、応対はできる。もちろん、事件とか事故とかがあればそれは別だけれども。

「どうぞ、そこのソファに」

「何か、凄いソファですよね」

「そうなんですよ。頂き物でね。ずっとここにあるんですよ」

これは、間違いなく本革のソファ。きっと買ったなら何十万もしそうな高そうなソファ。

絶対に備品なんかでは買えない。

「日本茶もあるけど、コーヒーの方がいいですか？」

「いいえ、そんな」

でも、コーヒーがあるんですね。

「あるんですよ。このコーヒーメーカーも頂き物でね。しかも豆もいっつも貰《もら》えるんです」

「頂けるんですか？」

二階堂さんが少し苦笑《にがわら》いした。

「この辺の人たちはね、とにかくいろんなものを持ってきてくれるんですよ。私はここに赴任してきてから野菜や果物を買ったことないんですよ。コーヒーとかお茶とかお菓子もね」

「そんなにですか」

うちの駐在所にもいろいろと差し入れをしてくれるご近所さんはいるけれども、そんなにないなぁ。

「二階堂さんの人柄じゃないですかね」

「いやいや、そんなことないんですよ。昔からみたいですね。前任者もそう言っていたので」

二階堂巡査部長、二階堂浩《ひろし》さんと直接会って話すのは、これが初めてだ。電話では、範ちゃんがまだ生きているときに何度か話したことがある。

警察官になったときにも、いろいろとアドバイスを貰った。言ってみれば、私にとっては最初の先輩みたいな人。

優しい人なんだって、範ちゃんは言っていた。警察官とは思えないぐらい物腰は柔らかいし、見た目もどこか、何となく大学教授みたいな知的な雰囲気がある。亨ちゃんにはまったくないところ。

「桜川くんは、お元気ですか？」

「はい、お陰様で」

亨ちゃんと一度だけ、同じ剣道の大会で戦ったことがあるって言っていた。そのときにはお互いにただの対戦者で、まさか自分たちの妻になる女性が友人同士だなんて思いもしていなかったけれども。

「それにしても、不思議な縁だよね」

「本当に、そう思います」

私と二階堂さんは、今は同じ警察官という立場だけれども、本来何の関係もない赤の他人。

それが、範ちゃんを通じて繋がった。

範ちゃんがいなくなってしまった今は、今度はこの錦織という町に住む男の子を通じて繋がっている。

「元気なんですよね？　空《そら》くん」

訊いたら、大きく頷いた。

「元気だよ。ここでお祖母《ばあ》さんと暮らしていた頃より、今の方がずっと元気だ」

錦織駐在所を出て橋を渡ったら、すぐそこに見えるのが〈国道食堂〉。

空くんから聞いていたし写真も送ってもらっていたけれど、本当に、昔の小学校みたいな建物なんだ。

（いい雰囲気《ふんいき》）

二階堂さんもよくご飯を食べに来るって言っていたけれど、もう本当に漂《ただよ》う雰囲気からして美味しそうな食堂だ。

もしも家の近くにあったなら、絶対に通ってしまいそうな感じ。

「いらっしゃーい」

午後二時三十分過ぎ。この時間にはほとんどお客さんがいないからゆっくり話ができるって言っていたけど、本当だった。三人しかお客さんがいない。

そして、すぐにわかった。たぶん遅めの昼ご飯を食べている、長髪を後ろで縛ったガタイのいい男の人。うちの亭ちゃんよりもきっとガタイがいいと思う。

この人が、元プロレスラーの本橋十一《もとはしじゅういち》さんだ。そして白衣を着てるおじいさんが、金一《きんいち》さん。

「あの、桜川と申します。野中《のなか》空くんの」

こっちを見た十一さんに言うと、すぐに箸《はし》を置いた。

「おお！　藤沢《ふじさわ》さんな！　婦警さんの！」

ニカッと、大きな笑顔になった。今は婦警さんって言わないんですけど、いいんです婦警です。そして藤沢は旧姓ですけど、それもいいです。空くんも、いまだに携帯に登録してあるのは〈藤沢〉って名前だって言ってたし。

「空くんの」

「うん、聞いてる聞いてる。俺《おれ》が言うのもなんだけど」

立ち上がって、お辞儀をした。

「空が、世話になったね」

「いえ、とんでもないです。私はただ付き添っていただけで」

「いやいや、前に空から話を聞いて思ったけどさ。あんたがいてくれたから、今の空がいると思うぜ。あんたのことをずっと話していたからね。藤沢さんがずっといてくれたんだって、何度も何度も言ってた」

本当にもう、空くんがそう思ってくれてるならただもう嬉しいだけなんですけど。

「もう帰ってくるから、二階で待ってるといいぜ。あ、昼飯まだだったら何でもどうぞ」


野中空くん。

ご両親が、亡くなってしまった男の子。それも、考えられないぐらいに悲惨な状況で。

私が警察官になってから関わった事件の中では、最も悲惨だったかもしれない。

夫が妻を殺したのだ。そして、自分は自死した。

空くんは、殺された奥さんの連れ子だった。つまり、自分とは血の繋がらない継父《ままちち》に実の母親を殺され、そしてひとりぼっちになってしまったんだ。

「大きくなったね！」

空くんが、少し恥ずかしそうに笑った。本当に大きくなった。あの小学校の六年生だった男の子が、大学生。十八歳。

すっごくスッキリした顔立ちのイケメンくんになっていた。

あの頃も、ほっそりしていて整った顔立ちで、私は古い映画だけど、名作〈スタンド・バイ・ミー〉の主人公の男の子を思い出していた。リバー・フェニックスじゃなくて、将来作家になった方の男の子。

本当に、本当に心配していたんだ。

家族がまるでいなくなってしまった男の子が、これからどうなってしまうんだろうって。

「大学はどう？」

「楽しいです」

高校を卒業したらここで働こうって思っていたんだって。実際、学校から帰ってきたらウエイターや厨房《ちゅうぼう》で皿洗いのアルバイトをしていたんだって。

「でも、十一さんたちが、大学に行った方がいいって」

成績が良かったんだって、十一さんはさっき言っていた。

勉強も好きだし、何よりも知的好奇心というか、とにかくいろんなものに対する興味というのが凄いって。自分の知らないことに興味を持ってそれに対して勉強したり、自分の知識や経験として吸収していくその姿勢が凄いんだって。

これは、もっといろんな勉強をさせた方が絶対にいい。仕事をさせてもたぶん何でもそつなくこなせるだろうけど、自分の将来をもっといろんなものに触れて見てから、決めさせた方がいいって皆で、この食堂にいる皆で話していたんだって。

お金は、あったそうだ。死亡保険金が入っていた。けれども、それは一緒に住んでいたお祖母さんが施設に入るお金に使ったそうだ。お祖母さんの住んでいた家を売ったけど、それもいつまで生きるかわからないお祖母さんのために。ほんの数年間だったけれど、一緒に住んで自分を育ててくれた人のために。

ある人が、空くんのために学資を出してくれたって十一さんは言っていた。

名前を出すとわかってしまうような有名人なので言えないけど、空の将来のためにと。

名前、言わなかったけどわかっちゃった。

ここから俳優になった、二方一《ふたかたはじめ》さんだきっと。

それで、空くんも大学で勉強することを選べた。

「将来、何をしたいか見えてきた？」

「まだ、わかりません」

少し微笑んで空くんは首を横に振った。

「でも、誰かに希望を与えるような仕事をしたいって思ってます」

「希望」

うん、って大きく頷いた。

「僕、二ヶ所から希望を貰ったたって思ってるんです」

「二ヶ所？」

「藤沢さんとずっと話していたあの警察署の部屋と、あそこのリング。そこで、希望を貰ったんです。藤沢さんと、二方さんから」

やっぱり、二方さん。

「あのとき、藤沢さんとずっと話していて、お父さんとお母さんが死んじゃったけど、でも人と話すのって楽しいなって思っていたんです。知らない人でも、こうやって話してるのがいいなって感じていたんです」

何か、嬉しい。私は仕事だったんだけど、そんなふうに感じてくれていたなんて。

「そして、まだ俳優になる前に、ここで一人芝居の練習を見たんです。二方さんの」

「うん」

「凄かったんです。生まれて初めて、これが演技っていうものなんだってわかったんです。こんなにも凄いものは、まだ世の中にたくさんあるんだろうなって。そういうものにもっともっと出会いたい、たくさんの人の話を聞きたい。そういうのが、僕の希望になったたんだと思います」

　だから、全然大丈夫ですって。

　この世にたった一人、文字通りの天涯孤独の身の上になってしまったけれど、でも、生きていけば、自分のことを考えてくれる人にたくさん出会えるってわかったからって。

「二階堂さんなんかとも話していて、警察官っていうのもいいなーって思ったんですけどね」

「あ、二方さんみたいに俳優になるのもいいな、って考えたんでしょ？」

　笑った。それは無理ですよって恥ずかしそうにしたけど、でもイケるよ？

　イケメンだもん、空くん。

2nd season

小村美也

十七歳

治畑市立東第一高校三年

日曜日は、朝から食堂の手伝いをする。

起きたらすぐに温泉にさっと入って顔を洗ってさっぱりして朝ご飯を食べてから。

ここに住むようになってから、金一《きんいち》さんに言われたんだ。

せっかく温泉があるんだから、朝から入ると身体《からだ》も心もしゃっきりするしお肌にもいいよって。

自分の肌のことなんかたまにできそうになるニキビ以外は気にしたことないけど、でも、本当だった。

朝に温泉に入るようになってから、あ、夜にもちゃんともう一度入るけど、全然ニキビが出なくなったし、なんか肌もつるつるになってるような気がする。

夜に一緒にお風呂《ふろ》に入ることもあるみさ子さんもふさ子さんも、若い子の肌はいいわねー、っていっつも触《さわ》ってきたりこちょこちょしてくるんだけど、でもそう言う二人ともお肌はきれいなんだ。ゼッタイに七十過ぎたおばあちゃんには見えないぐらいに。

ここの温泉は美肌になりますよ、って宣伝したらきっと入りに来るお客さんは増えると思うけど、でもそんなふうな感じでもないんだよね。

行ったことないけど、きっと普通の銭湯より小さいぐらいのお風呂だから、たくさん来ても入れなくなっちゃうんだ。私とみさ子さん、ふさ子さん、あと二人ぐらいが一緒に入って、身体を伸ばしてちょうどいいぐらいの湯船だから。そんなに湯量も多くないから、今ぐらいがちょうどいいんだって。

肌の調子がいいのは、きっと温泉のせいだけじゃない。

私は、〈国道食堂〉に住むようになってからよく笑うようになった。それは十一《じゅういち》さんがいっつもくだらないおやじギャグを連発してきて笑わせるせいもあるんだけど。

ゆーちゃんも言っていた。ほとんど一人しかいない学校の友達。友達っていうか、私のことを気にかけて話しかけてくれる子。

私が、明るくなったって。笑顔になることが増えてるって。

自分でもそう思う。

同じ食堂の二階に住んでいる十一さんと金一さんと空《そら》くんと、家族みたいにして過ごしているから。

金一さんがおじいちゃんで、十一さんがお父《とう》さんで、空くんはお兄さん。みさ子さんとふさ子さんは、ここには住んでいないけど朝から夜まで食堂で働いているからいつも会えるおばあちゃんが二人いるみたいだし。

晩ご飯は、空くんとはよく一緒に食べるけどそれは食堂でたくさんのお客さんに交《ま》じって。

でも、朝ご飯は六人皆で食べるんだ。

やっぱり食堂でだけど、皆揃《そろ》って。

私は、小さい頃《ころ》のことは覚えてないからわからないけど、ご飯を皆で食べることが楽しいって思うなんて初めてだった。

そもそも、ご飯を一緒に食べるのが楽しいなんて考えたこともなかった。

いただきます！　って、本当にそういう気持ちになってご飯を食べられるなんて、思いもしなかった。

〈国道食堂〉に来て、十一さんがここに住めるようにしてくれて私は本当に良かったって思ってる。

あのとき、橋本《はしもと》さんに拾ってもらえなかったら、どうなってたんだろう。そんなつもりは本当になかったけど、自殺でもしていたかもしれないって思う。だから、トランスポーターの橋本さんは本当に恩人かもしれない。

あれから一度も会えていないんだけど、連絡はしてる。今度またここを通ったら必ず寄るからって。そのときには私が何でもごちそうするつもり。

ここで手伝ってアルバイト代を貰《もら》っているから、そのお金で。

「あ、そうそう美也《みや》ちゃん」

皆で朝ご飯を食べて、後片づけをしてさぁお店の開店の準備だって動き出したら、十一さんが呼んだ。

「今日、和美《かずみ》さん来るからさ。店の手伝いは途中で上がっていいから、一緒に街に行って買い物してきなよ」

「買い物？」

和美さん来るんだ。

「バイト代出たらさ、いろいろ買いたいって言ってたろ。和美さんも買い物あるって言ってたからさ、一緒に行ってきたらいいよ」

「うん！」

十一さんの恋人の和美さん。恋人でいいのかな？　優しくて頭も良くて素敵な人。大好きだ。

「ついでに俺《おれ》のおつかいもしてきてくれよ」

「あ、私もお願いしよう」

「僕のもだねぇ」

皆が言った。

オッケー。今日は皆のおつかいの日ね。和美さんの車はワゴン車でたくさん荷物が積めるから何でも買って帰ってこられるよ。


九時半ぐらいに和美さんが来た。スリムなブラックジーンズに藤《ふじ》色の柔《やわ》らかそうなカーディガン。和美さんって何気にスタイル良いんだよね。身長も高いから、おっきな十一さんと並ぶとけっこう、っていうかかなりお似合いなんだよね。

行ってきまーすって皆に手を振って、駐車場で車に乗り込んで。

「今日はね、無印とか行くよ」

「あ、そうなの？」

無印は好きだけど。

「美也ちゃんのね、布団《ふとん》とか買うの」

え？　布団？

「何で？」

布団、あるけど。それに自分の布団を買うお金なんかないけど。

「美也ちゃんずっとみさ子さんたちから貰った寝具とか使っているでしょ？」

「うん」

その通り。私はいきなり〈国道食堂〉に転がり込んだ下宿人みたいな女子高生で、何にも持っていなかったから。

「もう随分経《ずいぶんた》つけどいつまでもそれじゃああんまりだからって皆言ってたの。しっかり女子高生の一人暮らしみたいなお部屋にしなくちゃ。カーテンとか小さなテーブルとか、いろいろあれこれ」

無印ならそんなに高くないし、おシャレだしって。それはそうかもしれないけど。

「や、でもそんなお金なんかないし。親が出すはずないし」

私の〈国道食堂〉でのアルバイト代なんか、文房具とか買ったらそれでなくなっちゃうようなものだし。

「大丈夫。十一さんがちゃんと話をつけてきたから」

「つけてきたって」

「お金を貰ってきたってこと。下宿代としてね。あの人たちは何であれ親なんだから、美也ちゃんが成人するまでの扶養義務《ふよう》があるんだからね」

「そうなの？」

十一さん、いつの間に家まで行ってきたんだろう。

〈国道食堂〉に初めて来たあの日からずっと、私は親に会ってない。いつかは会わなきゃならないって思っているけど、十一さんがまだいいからって。

私が、高校を卒業して一人で、自分の足で歩けるようになってここから出ていけるようになるまではいいからって。

それまで、私は〈国道食堂〉に下宿している普通の女子高生。高校生だって寮に住んでる子だって、親戚《しんせき》の家にいるとか下宿とかアパートに一人で住んでる子だっているんだから、別におかしなことじゃないって。

他人だけど、親切な〈国道食堂〉の主人である十一さんの世話になっている女の子。

学校にも、住所の変更とかはちゃんと言ってある。もちろん、親にも。十一さんとみさ子さんとふさ子さんが三人で会ってきてくれた。

娘さんを、高校卒業まで預かりますって。

みさ子さんとふさ子さんに聞いたけど、十一さんが、あの迫力《はくりょく》で、有無《うむ》を言わさずに。

錦織《にしきおり》の駐在所のお巡りさんも後押ししてくれたって。十一さんのところなら安心安全で人物は保証するって。

いわゆる新興宗教の教祖様の側近。

それが私の両親。二人ともそう。働いていない。正確に言えば教団のお金で生活している。その教団のお金は、信者のお金。

私が生まれたときにはちゃんと普通の会社で働いていたらしいけど、そんなのは全然知らない。気がついたら私はその宗教の教祖様が暮らす家に住んでいた。

そこでずっと暮らしていた。

自分も、そこの宗教の人間だって思われていた。

冗談じゃない、って思い出したのは小学四年生のとき。皆から、そう思われてるんだって知ったとき。

私は、こんな宗教なんか信じてない。

ずっとずっとずっと、その家から逃げ出したかった。イジメとかからも逃げ出したかった。

泣きたかったけど、死にたいって思ったこともあったけど、泣かなかったし死ななかった。泣いたり死んだりしたら、負けだって思っていた。こんな家に生まれたのは私のせいじゃないって思っていた。

でも、自分の力じゃどこにも行けない弱い自分にもイヤになっていた。あの家でご飯を食べている自分もどうしようもなくキライだった。そういう思いが爆発しそうになるときが、いっつもあった。

そして、国道五一七号線をふらふらしていて、橋本さんに拾ってもらって、〈国道食堂〉に連れてきてもらって。

「もう一年経つんだね」

「そうなんだ」

自分でもびっくりしてる。一年経って、空くんは大学生になったし、私も三年生になった。

「何か、おもしろいのよね」

「何が？」

ハンドル握って和美さんが微笑《ほほえ》んだ。前も乗ったことあるんだけど、和美さん、毎日保険の営業で走ってるから車の運転がすっごく上手《うま》いと思う。十一さんが運転する車にも乗ったことあるけど、結婚したら運転は和美さんに任せた方がいい。

「私が十一さんと知り合ってからも、空くんと美也ちゃんが〈国道食堂〉に住むようになってからも、そして二方《ふたかた》さんが俳優デビューしてからも、全部だいたい一年経つのよね」

「あ」

そうか。そんなに変わらない時期だったっけ。

「ということは、十一さんはこの一、二年は随分と忙しい、気忙《きぜわ》しい時間だったろうなぁって思って」

「そっか、そうだよね」

全然自分のことじゃないことばっかりだ。あ、和美さんとお見合いみたいなことしたのは自分のことだけど、その他は人のこと、他人のことばっかりだ。

「すっごくいい人だよね」

「うん」

和美さんも頷《うなず》いた。

「いい人なのは間違いないけれど、きっと自然と人を集める人なのね、十一さんは」

「人を集める？」

そう、って微笑んだ。

「そういう人、いるのよ。そこにいるだけで、たくさんの人が集まってくる人。皆を楽しい気持ちにさせる人。そして他人のことなのに、一生懸命《いっしょうけんめい》になれる人。十一さんが昔に所属していたプロレス団体はね、十一さんが引退した途端《とたん》にいろいろと分裂しちゃったんだって」

　分裂。別れたってことね。

「それぐらい、求心力《きゅうしんりょく》っていうけど、そういうものを持っていた人なのね」

「強い力ってことね。筋肉じゃなくて、心の力」

「そうそう。上手いこと言うわね」

　本当に、それは思う。

　そうじゃなかったら、普通は私みたいな家出してきたみたいな他人の子供を預かれるはずがない。うちの両親が、許すはずがない。

　和美さんが、ちらっと私を見たのがわかった。

「私ね、美也ちゃん」

「なに？」

「近いうちに、十一さんと結婚すると思うの」

「うん」

　それはもう皆がわかってる。っていうかさっさと結婚すればいいのにって皆が思ってるのに、なんか二人はいろいろ考えているみたいで。

「十一さんは、法的に正式なものじゃないけど、美也ちゃんの後見人っていうか、仮のお父さんみたいな人で。だから、結婚したらね、私のことをお母《かあ》さん代わりって思ってほしいんだけど」

すっごく嬉《うれ》しい。お父さんお母さんが恋しいなんていう年じゃないけど。

「来年は卒業でしょう？」

そうなんだよね。もう高校生じゃなくなる。

「将来をどうするか。空くんは大学に行ったんだから、美也ちゃんだって、いろんな道が眼の前にあるの」

「うん」

「それを、自分で閉じちゃわないでね。何ができないとか、できるとか、決めつけないで。私たちがね」

和美さんが、大きく頷いた。

「縁があって一緒にいる私たち大人《おとな》が、美也ちゃんにしてあげられることはたくさんあるんだから」

「うん」

涙が出そうだった。

赤の他人なのに。何でもないのに。

☆

閉店した後のリング。

ライブとかそういうのを何にもやっていないときに、十一さんがよくリングに上がっているんだ。その音が、〈国道食堂〉に響くんだ。最初はちょっとびっくりしたけど、もう慣れた。

バシン！　っていう、身体がリングに叩《たた》きつけられる音。

トランクスを穿《は》いて、リングの上で汗を光らせている十一さんは、すっごくカッコいいと思う。

「おう」

見に来たら、十一さんがリングの上で髪の毛をかき分けて、笑った。あの長髪は切った方が邪魔にならないと思うんだけど、きっと十一さんの大事なトレードマークみたいなものなんだろうな。

「リングに上がってみてもいい？」

言ったら、十一さんが、きょとん、って顔をした。

「いいぞ？　いっつも上がって掃除してくれてるだろ」

「や、そうじゃなくて、私も、そのリングの上で動いてみてもいいかなって。こう、運動とか走り回ったりとか」

少し眼をパチパチさせてから、十一さんがにやっ、って笑った。

「いいぞ。どうせなら、ちょっとやってみるか」

「やってみるって？」

「プロレスってもんをさ」


ジャージを着て、リングに立った。

なんか、気持ち良い。いつも見てるはずの食堂の景色がちょっと違って見える。

「その気になってリングに上がると、ちょっと気持ちいいだろ」

「うん」

何度も上がって拭《ふ》き掃除とかしてるのに、ジャージに着替えて動く気になってここに上がると、こんなに気分が違うんだ。

「裸足《はだし》のままでいいの？」

十一さんが靴下も脱いでっていうからそうしたんだけど。

「おう、裸足の方がいい。リングシューズなんてないし、下手《へた》にスニーカー履くより裸足の方がずっといい」

「そうなんだ」

裸足で動けることは、基本だって十一さんが続けた。そう言って、十一さんもシューズを脱いで裸足になった。

「昔はな、練習生は全員裸足で走り回ったもんさ。裸足になってまっすぐ立つことから始めさせる奴《やつ》だっていたんだぜ」

「まっすぐ立つ？」

「そうよ。中にはまともにまっすぐ立てない奴だっているんだからな。ちょっと美也ちゃん、立ってみろ」

気をつけをした。

「足を少し開いて、そうそう肩より少し狭《せま》いぐらいにな。そしてな、あー、言い方ちょっと口汚いけど許してくれよ。ケツの穴をキュッと締めるんだ」

「ケツ」

笑っちゃった。

「いや、笑うけどな、これ立ち姿の基本な。二方みたいな役者連中だって、ケツの穴締めて立つことを普段からできるようにするんだぜ。あのパリコレとかに出るファッションモデルだってそうだぞ？」

「え、そうなの？」

あ、でもそんな話どっかで聞いたかも。

「お尻《しり》ね」

そうしてみた。立ってみた。

「うん」

私を腕組みしながら見て、十一さんが頷いた。

「いいね。いい立ち姿だ。前から思ってたけど、美也ちゃん身体のバランスがいいよな。歩いている姿勢《しせい》もいいしな」

「でも背とか高くないよ」

「背は関係ないさ。うん、全体のバランスがいい。素質あるかもな。よし、じゃあまずは、柔軟《じゅうなん》体操からな。俺の真似《まね》しながら動いてみな」

十一さんの真似をする。

動く。

手を回して、腰を回して、足を伸ばして。リングに寝転がって前屈《ぜんくつ》して。

「おお、いいね。やっぱり女の子の方が身体は柔らかいよな」

「そうなんでしょうかね」

「特に股関節《こかんせつ》な。あ、これエッチな意味じゃないからな。そういう身体の構造になっているんだと思うぞ」

わかってる。十一さんはそんな人じゃないから。

「身体を動かすってのは、結局脳も動かすことになるんだ。全身の血液をぐるぐる回すんだからな」

運動部に入ったことはないけど、身体を動かすことは好きだった。体育で何かやるときには、けっこう上手いんだ。足も速いし、たぶん運動神経はけっこういい方だと思うんだけど。

「おお、動けるね美也ちゃん」

「そうですか？」

「イケるイケる」

柔軟体操やって、身体が温《あたた》まってきた。

「よし、ちょっと形《かた》やってみっか」

「形？」

「まずは、美也ちゃんの身体がどんだけ動くか見てみよう。こうやって、足蹴《あしげ》りしてみな。回し蹴りみたいにな。最初はそんなに力を入れないで、コンパスを想像してみろ」

「コンパス？」

「左足を軸にして、右足をぐるん！　って自分の足の重さで回す感じだ。こんなふうにな」

十一さんが、ぶるんっ！　って回し蹴りをした。本当に軽く蹴ってる感じなのに、風を切ったような感じ。

蹴ってみた。回ってみた。

「わ」

いい感じ。

気持ちいい。

「いいねぇ！　美也ちゃん足上がるねぇ。もっと上の方を蹴る感じで上がるか？」

「こう？」

自分と同じ身長の人の頭を蹴る感じで。

ぶんっ！　って回す。

「いや、いいいな！」

十一さんがものすごく嬉しそうな顔をした。

「体幹《たいかん》良いな！　本当にスポーツは何にもやってなかったのか？」

「ないよ」

「天性のものかー」

「そんなに良いの？　体幹っていうの」

いいいいい、ってうんうん頷いた。

「そんなに足を上げて振り回してもまったく中心がブレてねぇ。空手を長年やってる女の子か、ダンサーみたいだぞ」

「あ、そういえば」

言われたことがある。体育の先生に。

「創作ダンスの授業があったんだ」

「おう」

「そのときに、随分身体の芯《しん》がしっかりしてるって言われた。何か運動部に入った方がいいんじゃないかって」

だろう？　って笑った。

「どんなスポーツでもな、天性のものを持った奴ってのがいるんだよ。もちろんトレーニングで培《つちか》われるものもたくさんあるんだがな。そのスポーツにあった天性のものを持った人間にはどうしたって敵《かな》わねぇ部分がある」

「十一さんにもあったの？　天性のものが」

「俺はな」

うむ、って感じで首をちょっと捻《ひね》った。

「身体の強さと、感性だな」

「感性？」

筋肉とかじゃなくて？

「身体の強さってのはつまり骨の強さとか筋肉の厚さとかな、遺伝に寄るところもデカイのさ。その点俺は、親父からはそういう根本的《こんぽんてき》な身体の強さを受け継いだ。簡単に言やぁ元々殴られても殴った相手が痛がるような身体だったのさ」

「プロレスラーに向いていたんだね。感性っていうのは？」

ニヤッと笑った。

「魅《み》せることだ。魅力の魅な」

魅せる。

「プロレスラーは、ただ運動神経が良いだけじゃあ最高の試合はできねぇんだよ。役者や画家やミュージシャンと同じさ」

「同じなの？」

「上手いだけの役者や画家やミュージシャンは結局売れねぇだろう？　下手でも何でも見た人聴いた人を魅了する何かがあれば、そいつはプロでやっていける。二方だってそうだろう？　あいつぐらいのイケメンは俳優にいくらでもいるさ。でも、あいつには観《み》た人を魅了する何かがあった。だから、一気にスターになることができた」

「そうだね」

そうだと思う。二方さんは確かにイケメンだけど、何ていうか、犬みたいなカワイイ感じがある。それがとっても気持ち良く感じる。

「俺もさ。リングの上で魅せる動きが自然にできた。わかりやすく言やぁ技だけじゃなくて、ただ腕を振り回したり跳《と》んだりするときにも、いちいちポーズが決まったんだ」

あ、そうだ。十一さんの試合のＤＶＤを見せてもらったけど、厨房《ちゅうぼう》にいるよりずっとずっとカッコよかった。

立ってるだけで、決まっていた。

「それも天性のものさ。美也ちゃんちょっと俺と戦ってみよう」

「ええ？」

戦うって。

「ゆっくりでいいんだ。俺を摑《つか》まえて倒すつもりでかかってきな。それで俺は美也ちゃんを片手でリングに転がす」

「転がされるの」

「転がっても、すぐに立ち上がってまた向かってこいよ。さぁやってみよう！　気持ちだけはマジでな。俺を倒すべき敵だと思ってみろ」

敵。

私の敵。

お前に敵なんかいない、ってマンガの台詞《せりふ》があったけれど、いると思う。

私の場合は、親だ。

私は自分の親を倒さないと、きっと生きていけない。

「よし来ぉい！」

十一さんが両腕を上げた。その腕に飛びつくようにして摑まえて、そのまま倒そうとしたけど摑んだ瞬間にムリってわかった。

まるで岩みたいだった。

ゼッタイに動かない岩。

その岩みたいな腕が動いたと思ったら、ふわっ、て身体が浮いてリングの上に転がされた。

でも、転がった瞬間に身体が自然に動いて両足をついて立ち上がると同時に跳んだ。

本当に、勝手に足と身体が動いて。

両足が上がって。

ドロップキック。

前に十一さんの試合のＤＶＤで観ていて、カッコいいって思っていた技。

「おおう！」

十一さんの胸に私の足の裏が届いた。ぐん！　って蹴った。

でも、その反動で私の身体が押し戻されて、マットに転がってしまった。十一さんは全然びくともしなかった。

びくともしないで、ちょっと驚いた顔をして、笑った。

「すげぇな！」

「全然ダメだった」

わかった。十一さんはもう五十過ぎのおじさんだけど、今も本当に、本物のプロレスラーなんだって。

足の裏でわかった。感じた。

「いや、今どうして跳ぼうと思った？　ドロップキックしようと思ったんだ？」

「や、なんか身体が自然に動いて」

自然にか、って十一さんが嬉しそうに言った。

「美也ちゃん、ひょっとしたらプロレスできるんじゃないか？」

「プロレス？」

「女子プロレスラーさ。そんな動きが、何の格闘技もやってないのにとっさの反応でできるってのは、凄《すご》いことだぜ？　興味ないか？」

プロレス。

お客さんの前で、このリングで戦う。

「それって、文字通りのプロってことだよね」

「もちろんだ。それで稼《かせ》いで喰《く》ってくってことだ」

「私なんかでもできるのかな」

十一さんが、真剣な顔をした。

「誰《だれ》だって、やろうと思えばできる。ただ、売れるプロになるのは簡単じゃねぇし、百人いたら一人か二人しかなれねぇような世界だ。でも、それはどんな商売だって同じだよな？　料理人になることは料理好きで得意なら誰でもなれるさ」

「でも、有名シェフになって稼げるのはほんの僅《わず》かな人」

「その通り。女子プロレスラーだっておんなじことだ。今ははっきり言って日本で稼ぐのはけっこうキツイが、いつ風向きが変わるかわからんし、美也ちゃんだったらタレント活動だってできるかもしれん。そしてその気と実力がありゃアメリカ進出だってできる」

「アメリカ？」

「おう、向こうで今まさにトップで活躍してる日本人女子レスラーだっているんだからな」

「スゴイ」

アメリカ。

考えたことなかった。

それって、この国を離れられるってことだ。

親のいない国へ。誰も私のことを知らない国へ。

「やってみたい」

「キツイぜ？　めっちゃ身体鍛《きた》えるんだ。もう普通の女の子じゃいられなくなるぜ。オリンピックに出るようなアスリートになるってことと同じだからな」

「やる」

普通じゃないことがイヤだった。

どうして家《うち》は普通じゃないんだろうって泣いてばかりいた。そんな自分もイヤだった。

普通じゃないんなら、それを超えて普通じゃない自分になればいいんだ。

「強くなれるんだもんね」

「おう、なれる」

強くなりたい。

身体も、心も。

親が伸ばしてくる手を、振り払うどころか逆手に取ってぶん投げられるぐらいに。

私は、私だから、二度と近づくなって叫べるぐらいに。

2nd season

久田亜由

二十七歳　株式会社ニッタ　機器オペレーター

会社が休みの日曜日。

天気は、晴天。絶好のドライブ日和《びより》だねって三人でニコニコしながら、メグちゃんの愛車に乗り込んで。

「篠塚《しのづか》さんは大丈夫だったの？」

メグちゃんがシートベルトしながら訊《き》いた。

「うん、部屋で寝てる。もう安静にしてるしかないし、何かあったらお姉さんが近くに住んでるから」

「タイミング悪いよねー。こんな日にギックリ腰って。篠塚さんってそういうとこあるよね気をつけないと」

今日子《きょうこ》さんがちょっと笑いながら言って、皆で頷《うなず》いてしまった。確かにそうなんだよねって。

以前にも篠塚さんは大事な会議の前日に風邪を引いて寝込んだり、新作発表会の日にお腹《なか》壊して何度もトイレに駆け込んだことがあったり。何かのときにタイミング悪いことになりがちな人。

「結婚式が無事に終わることを祈るわ」

「楽しみだなー〈国道食堂〉。何でも美味《おい》しいんだよね？」

「本当に何でも美味しい。あそこで昼ご飯とか食べちゃうとね、他の店に行って同じものを食べても何か物足《ものた》りなく感じちゃうの」

本当に。篠塚さんなんかは唐揚げというか、ザンギはもう〈国道食堂〉のものしか食べたくないって言うぐらい。

「ねぇ亜由《あゆ》ちゃん。前から訊こうって思ってたんだけどね。プロレス大好きってことはね？　結局亜由ちゃんはマッチョが好きってことなのかな？　もう筋肉ムキムキの」

メグちゃんがハンドルを握りながら言った。

「やー、別にマッチョが好きってわけじゃないよ」

「そうよね。篠塚さんは全然マッチョじゃないし」

今日子さんがそう言いながら後ろの座席から身を乗り出してきた。

「え、今日子さん、篠塚さんの裸見たことあるの!?」

メグちゃん前見ててよ。

「あるわよ。それっぽいもの」

「それっぽい？」

「ほら、あの人、よく夏なんか試験場の野っ原だと、Tシャツ一枚に短パン姿で歩いてるじゃない。夏はこれがいちばんだって」

「あー、あったね。そうだった」

洋人《ひろと》さん、着るものには全然っていうかまったくこだわらないから。

「あぁTシャツどころか昭和の小学生？　っていう感じのランニングシャツとか着てることあったわよね？」

「あったあった。こっちはさー、昼休みの休憩中に見たくもない男の貧相《ひんそう》な身体《からだ》を、あ、ごめん亜由っち」

全然問題ないし。

「あ、でもね、意外と細マッチョなんだよ洋人さん」

「え、そうなの？」

「細マッチョって何で」

「洋人さん、小学校から高校まで剣道やっていたんだって。剣道、三段なんだよ。県大会で優勝したこともあるって」

「へぇー」

「いがーい」

　意外でしょ？

「卒業してからはもうやってないけど、研究室から現場に移動するとけっこう重たいもの運んだりするでしょう？　そうしたら昔の筋肉が戻ってきたりするの」

「そんなことあるんだ」

　あるみたい。

　っていうか、あります。

「元々全然太らない体質だから、運動しなかったら筋肉が落ちちゃうんだけど、ちょっと運動したらすぐにまた昔に鍛《きた》えた筋肉が戻ってくるんだって。肉がないからそれがすぐにわかる」

「へーそういうものなんだ」

「太らないっていうのは本当に羨《うらや》ましいなぁ」

「それは本当にそう」

　私も、油断してると食べ物全部が身体の栄養になっちゃうから。

でも篠塚さんの細過ぎるのもちょっと心配になる。忙しくて一食抜いただけで、次の日には一キロぐらい減っていたりするんだから。

「でもね、もう結納《ゆいのう》までしたお二人に今更《いまさら》の話ですけどね」

ハンドルを右に切りながらメグちゃんが言った。

ここからは、国道五一七号線。後は、ひたすらこの道をまっすぐ行ったら十一《じゅういち》さんのいる〈国道食堂〉。

「一回り違うでしょう？　亜由っちと篠塚さん」

「うん」

ちょうど十二歳。同じ戌《いぬ》年。

「恋に年の差なんか関係ないし、篠塚さんは上司としてはとてもいい人だって知ってるけれど、それでも男としてのどこに魅《ひ》かれたのかなぁ？　何が良かったの？　参考までに教えて」

メグちゃんが丸い眼鏡をクイッと二本の指で上げた。メグちゃんって本当に丸いフレームが似合うんだよね。きっと丸眼鏡似合う世界選手権があったら日本代表になれると思う。

「あ、それ、私も聞きたいな」

今日子さんはまた後ろからグイッと身を乗り出してきた。

年齢はそれぞれひとつずつ違うんだけど、私たち同期三人組の中で、いちばん最初に結婚を決めたのは私。

「優しい人だよ」

「いや二昔前の少女マンガじゃないんだから」

「優しい男の人なんか今どきウサギだって食べないって言うわよ」

二人ともキツイ。

「いちばんにね」

「うん」

「いいなって思ったのは、あ、仕事をしているときもだけど、必ず人の眼を見て話をするの。忙しいときも、失敗したときも、どんなときでも篠塚さんはしっかり眼を見て、そしてゆっくり話をするの」

ううん？　って二人揃《そろ》って首を傾《かし》げた。

「それはね、どんなときでも相手のことをちゃんと考えてるってことでしょう？　篠塚さんって、そういう人でしょ？」

「あー、そうね」

「そうだね。あの人の話はときどき思いが強過ぎて暴走するけど、的確《てきかく》でわかりやすいよね」

「誰《だれ》にでも同じじゃないのよ。相手のことをちゃんと考えて、相手に合わせて話をする人なの。それって、スゴイことでしょう？　中々できることじゃないでしょう？」

うんうん、って今日子さんが頷いた。

「篠塚さんってさ、上にも下にもまったく態度がブレないんだよね。それぞれの立場を尊《そん》重《ちょう》しながら、自分のスペースをきっちり守るの。だから本当に仕事仲間としてもありがたくてやりやすい人」

「そうでしょ？」

「なんだかんだ言って〈篠塚チーム〉って風通しがよくて、気の合わない同士でも仕事がやりやすいんだよね。いつの間にか仕事に関しては仲良くやってるって感じで。それは篠塚さんの力だよね」

「でしょ？　それが、魅力でしょ？」

「そうかぁ。あ、ごめん亜由ちゃんガム取ってくれる？」

「うん、はい」

メグちゃんが前を見ながら広げた左手の上にガムを置いた。ポンッ、って器用に口の中に放り込む。

メグちゃん、運転がすっごく上手《うま》いんだよね。

「そう言われれば、篠塚さんって、男性としても魅力的な人なのかなぁ。いやでもあのファッションセンスはないかなぁ」

「それは言わないで」

そこは、少しずつ何とかしますから。

「私ね」

今日子さんが顔を寄せてきた。

「一度だけ、篠塚さんにちょっとキュンって来たことある」

「えぇぇなになに。いついつ」

「三年前だったかな。私、ちょっと凡ミスしちゃって新作発表会でお客様に名札を間違えて渡しちゃったのね」

受付は広報の仕事だからね。

「あらら。やっちゃったね」

「たまたまそのときに篠塚さんが通りかかって私が慌《あわ》てていたらすぐさまそのお客様を追いかけてね。思えばそのときの篠塚さんすごいフットワークだったな。あの混み合ってる会場の中を人の間をステップを踏むように擦《す》り抜けて行ってね」

「剣道で鍛えた足運びだ！」

「何を言ったのかわからないけど、お客様と笑って話して名札を交換してきてくれて、そのままその名札は本人のところへ持って行って渡してくれて、何事もなかったようににこやかな雰囲気のままで」

「うんうん」

「私にはね、ほら技術の人って昔から機器《きき》がオールグリーンのときに遠くから右手の親指を上げて合図するでしょ？　いいね！　のマークみたいな」

「するする」

「あれをしてね、ニコッて笑ってそのまま去っていったの」

「イヤだ篠塚さんカッコいいー」

「マジで一瞬だけときめいちゃった。一瞬だけね」

「一瞬なんだ」

「だって篠塚さん、身長私と同じだもの」

　今日子さんは身長が百七十三センチのモデル体形で、ヒールを履いた自分より背の高い男の人が最低条件なんだよね。

「そうやってさ、ときめいて、結婚を決めた瞬間ってあるんでしょ？　いつだったの？」

「それは」

決めた瞬間なんて、ないと思うけど。

でも、やっぱり篠塚さんとずっと一緒にいたいって初めて思った瞬間は、あのときだ。

二度目に〈国道食堂〉に来たとき。

篠塚さんに車を出してもらって、お父《とう》さんを連れて来たとき。

☆

篠塚さんに連れられて〈国道食堂〉に初めて来たとき、ここが本橋《もとはし》十一さんがやっている食堂だって知った。

それをプロレスファンであるお父さんに教えたら、殺人を犯した逃亡犯を見逃《みのが》しているという、衝撃的な話をお父さんはした。

それは元プロレスラー本橋十一のお父さんを殺した犯人。川島三郎《かわしまさぶろう》。その話をしに、お父さんは〈国道食堂〉に来たかったんだ。十一さんに謝りに。そして今、川島三郎がどこにいるかを伝えに。

篠塚さんは自分は全然関係ないのに、ただ私の上司でたまたま十一さんを知ってるっていうだけで、車を出してくれて連れてきてくれた。

私は、お父さんの娘として一緒に謝ろうと思っていた。十一さんに罵倒《ばとう》されても仕方ないって思っていた。十一さんが言うなら土下座でも何でもしようって。

だって、お父さんは、本橋さんの父親を殺した犯人の居場所を知っていながら今まで見逃していたんだから。何をしてくれたんだって、罵倒されても殴られてもしょうがないって思っていた。

篠塚さんは、四人掛けのテーブルに座って、お父さんが十一さんに向かいあって話をしている間、ずっと十一さんの隣で横座りになって見つめていた。

きっと、十一さんがもしも激高《げっこう》でもしたら、ちょっとでも動いたら止めようと思ってそうしてくれていたんだ。

いくら剣道三段でもプロレスラーの肉体に敵《かな》うはずないのに。

でも、予想とはまったく違った。

お父さんから話を聞いた十一さんは、眼を丸くして驚いて、そうして言ったんだ。

「いや、今までどうもお疲れ様でした。ありがとうございましたわざわざ話をしに来てくれて。すみませんでしたね俺《おれ》のことなんかで今まで悩ませてしまって」

びっくりした。お父さんも私も。

でも篠塚さんは、やっぱりそうだって顔をして、ホッとしたように肩を下げた。

「とんでもないですが、いやしかし。私は殴られることも覚悟していたのですが」

「いやいやいやとんでもない。まぁ親父のことを抜きにしたら、俺だって久田《ひさだ》さんと同じようにしたと思いますよ。せっかく自分の人生を手にした教え子のね、希望を奪《うば》うような真似《まね》はそりゃあできませんよ」

お父さんが川島三郎を見逃していたのは、自分の教え子の人生を救ったのが、川島三郎だったから。その人が殺人犯で逃亡犯だったなんてことを、今知らせるわけにはいかなかったから。

「それにね、久田さん」

「はい」

「俺はもう、川島三郎の居場所を知ってるんですよ」

「そうなんですか!?」

ある偶然からやってきた若いお客さんのお陰《かげ》でそれがわかったんだって。

「だからもう、気に病《や》まないでくださいな。来ていただいて、教えてもらっただけで充《じゅう》分《ぶん》です。川島が生きてそして誰かを救うような人生を歩《あゆ》んできたんだってことを知れて、俺も助かりました」

「縁ですよね」

篠塚さんが、十一さんに言ったんだ。

「僕がここに来て十一さんの味に惚《ほ》れて常連になっていなかったら、久田さんを連れてこなかった。久田さんがうちに入社して僕の部下にならなかったら、そしてプロレスファンじゃなかったら、繋《つな》がらなかった。全部が十一さんがいい人生を送ってきたから繋がった縁ですよね。だから、何もかも十一さんの人徳ってもんですよ」

「いやいやぁ篠塚ちゃん、そんなふうに言ったら俺がスゴイみたいだ。んなことないよ。篠塚ちゃんもありがとな。わざわざ久田さんを連れてきてくれて」

本当にそうだと思った。

篠塚さんがいなかったら、お父さんはずっと悔《く》いを抱《かか》えたままだった。そして、十一さんの人生がこの縁を作ったんだって素直に思えて口にできる篠塚さんは、すごいと思った。いい人なんだって。こういう人がずっと一緒にいてくれたら、きっと生きていくのが素晴らしいことだって思えるんじゃないかって。

そう思ったんだ。

☆

「いやぁ、どうもどうも」

十一さんが、厨房《ちゅうぼう》で笑顔で迎えてくれた。十一さんって、会うときにはいつも笑顔だ。地顔が笑顔なんだろうなって思うぐらいに、明るくて見ているだけで元気が出てくるような笑顔。

「十一さん、髪の毛を縛《しば》ったんですね」

いつも長い髪の毛をそのままにしてるのに。

「あぁそうそう。厨房にいるときには三角巾《さんかくきん》をするようにしてたんだけどね。いつの間にかズレるから面倒臭くて首に巻いちまうし、だったら縛って鉢巻きでもした方が衛生的にもいいってね」

きっと和美《かずみ》さんに言われたんだ。私たちの後からもどんどんお客さんが入ってくる。

「お二人さんもね。ちょいと手を離せないから後からゆっくりな。もう少ししたら和美も来るから話をしといてくれよ。まずは飯でも食ってくれ。今日はタダだから好きなだけ食べていっていいよ」

「ありがとうございます！」

二人の紹介は後にするとして、とりあえずは、ご飯だ。

お昼時になっちゃったし、良い匂《にお》いがしてくるからお腹も鳴き出した。

「本当にリングがあるんだー」

「あそこに座ろう」

リングのすぐ隣の正面。混んでいるときでも不思議とあそこは空《あ》いてる席。普段のときは何故《なぜ》かリングの周《まわ》りには皆は座らないんだって。

「リングって大きいんだね」

「そう思うでしょ。でも、中にプロレスラーが立つと、ちょうどいいって思えるんだよね」

「本橋十一さん、やっぱりスゴイね、プロレスラーの身体」

「大きいしね」

メグちゃんと今日子さんが順番に言って、厨房でフライパンを振ってる十一さんを見た。

「ダメだよ今日子さん惚れたら。これから亜由っちと一緒に結婚式を挙《あ》げる人なんだから」

「何言ってんのよ。十一さんは五十代でしょ。私はそんな年上には興味ないわ。ねぇ亜由ちゃん。あの若い二人もお店の人？」

ホールでは金一《きんいち》さんと、それから大学生の空《そら》くんと、高校生の美也《みや》ちゃん。

「そう、あの二人はここの二階に住んでいるの。まぁ下宿人みたいな感じで」

本当はいろいろ複雑な事情があるみたいなんだけど、その辺は直接私たちには関係ないことだし、本当にプライベートだから。

「奥さんになる、和美さんだっけ？　三十代なんだよね？」

「三十八歳」

加藤《かとう》和美さん。

「保険の外交員をやってるの」

「ここのお客さんだったの？」

「そうでもあったみたい」

和美さんはもちろん自分で車を運転して、あちこちのお客様のところを回って仕事をしているから〈国道食堂〉にも来たことはあったんだって。

「たまたま、ほら厨房にいる双子のおばあちゃんがいるでしょ？　あの二人の保険を請《う》け負ったときに、十一さんとお見合いしない？　って言われて、それからだったたって」

「へぇー。あのおばあちゃんたちは十一さんの親戚《しんせき》とか？」

「ううん、十一さんのお父さんの時代からずっと働いてる従業員の人。でも、もう家族みたいなものだって」

おじいちゃんの金一さんも、それから空くんも美也ちゃんも。皆がひとつ屋根の下で暮らす家族みたいなものだって。

「もうね、匂いがしてきちゃって私はこれ」

「ショウガ焼き定食ね。ポテトサラダを大盛りにした方がいいって。信じられないぐらいに美味しいからって」

「嬉《うれ》しい！　じゃあそうする」

「私はね、焼きカレー煮込みハンバーグ！　すごいねこのコラボっぷり。煮込みハンバーグで焼きカレーだよ？」

私はもう決めていた。

「ギョーザカレー。実はね、このギョーザカレーについてくるギョーザはカレーに合うように作った特製のギョーザなんだ」

ハマってます。

二時を回ったら途端《とたん》にお客様が少なくなるのはいつものことなんだって。そして、厨房はふさ子さんとみさ子さん、ホールは金一さんだけで回していけるから、空くんも美也ちゃんも休憩。

もう少し早く着くはずだったけど、ちょっとお客様のところで手間取ってしまって、遅れてやってきた和美さんと、十一さんが私たちのテーブルまで来てくれた。

「改めて、本橋十一です。そして、妻になってくれる加藤和美さんです」

十一さんが気をつけしながら、笑顔でメグちゃんと今日子さんに挨拶《あいさつ》した。

「和美です。どうぞよろしくお願いします」

「こちらは、飯島《いいじま》さんと近藤《こんどう》さんです」

「飯島めぐみです。亜由ちゃんとは同期で会社では総務をやっています」

「近藤今日子です。同じく同期で、私は広報をやっています。二人とも篠塚さんと亜由ちゃんとは部署が違いますけど、〈篠塚チーム〉なんです」

二人は、今回の私たちの式の発起人《ほっきにん》をやってくれる。

「〈篠塚チーム〉は社内での研究チームなんです。そういうのがたくさんあって、それぞれの視点から製品開発や新規事業などの企画をするのが、我が社の伝統なんです」

「何だか二人にもね、俺たちがそっちの式に乗っかっちゃったみたいで仕事増やして申し訳ないね」

十一さんが照れ臭そうに頭を下げた。

「いえいえ、とんでもないです、って私が言うのも何ですけど」

今日子さんが笑って言った。

「私たちの会社にもプロレスファンはいるんですよ。あの本橋十一が我が社のホープたちと一緒に結婚式をする、ってもう大盛り上がりなんです」

「いや、それなら嬉しいけどね」

「本当にですよ」

メグちゃんが大きく頷いた。

「ぜひ出席したいって人を整理するのが大変なんです。出たいっていう人を全部呼んだらここのお店の倍のスペースが必要になっちゃうんで」

本当の話みたい。

「いやあれなんだ。話は聞いてると思うけど、俺と和美さんの方はね、親族はほとんどいないみたいなものだからさ。丸まんま篠塚ちゃんと亜由ちゃんの人たちで埋めちまっていいからね」

「そうなんですよ。特に私は、あの、呼んでも二、三人しかいませんから」

ちょっと申し訳なさそうに和美さんが言った。

それも、前に聞いたけど、十一さんは初婚だけど、和美さんは再婚で、最初の結婚が原因でいろいろ事情があって家族とはほぼ絶縁だからって。悲しい話ではあるけれども、結婚は本人たちの幸せのためなんだから。

「大丈夫です。きらんと調整しますので」

総務のメグちゃん。仕切りは完璧《かんぺき》なんだよねいつも。

「あ、それでですね十一さん」

今日子さんがiＰａｄを取り出した。

「うん」

「式のお話をする前に、お電話でも久田からお話があったと思うんですが、結婚式の後の話ですけど、本橋さんが我が社の広告に出ていただく件は、ご了承《りょうしょう》いただけるということでいいんでしょうか?」

「もちろんもちろん！　もうとっくに引退した飯屋の親父《おやじ》でいいなら、いつでも呼んでいただけりゃ出ますよ」

「ありがとうございます！」

そうなんだ。うちの農機はもちろんＣＭも作っているし、本社の宣伝部がイメージキャラクターとかは決めているけど、それぞれの担当部署で、独自の紙媒体での広告は作っていけるんだ。

「それで、実は本社の方もですね。この話を通しましたら、ナンバーワンの元プロレスラーであり、今は地域の食を支え、地場農業とも協力する食堂を経営する調理人本橋十一がCMに出てくれるのかと、ものすごく喜んでいるんです」

「あ、そうなの？」

「そうなんですよ。ご存知の通り我が社は農機メーカー。食との関連は外《はず》せません。そして本橋さんは徳萬《とくまん》さんのアグリビジネス部と一緒にお仕事をされる予定ですよね？」

「情報が早いねぇ」

十一さんが笑った。

「その予定はあるけど、その話ってニッタさんの方にも入っているのかい？」

「徳萬さんは私どもとも古いお付き合いのある会社ですから。それに、アグリビジネスのところは農業とも深く関わるものですから」

「そうだよな。そういう話になってるよな」

「本社の方も把握《はあく》していますから、これはますますいい話だとなっているんです。それで、もちろん挙式が終わって、次クールの広告活動の方針が決まり徳萬さんの事業も動き出す来年の春からの話なんですけれど、改めて本橋さんにいろいろご協力をお願いしたいと言ってますので、よろしくお願いします」

　さすが広報の今日子さん。仕事の話は立板に水って感じで、いつも感心しちゃう。

「こちらこそだね。何だかただの食堂の親父にはもったいないような話だな」

「とんでもないです。本橋さんは今でも、あ、ちょっと失礼な表現ですけれど、レジェンドと呼ばれるようなプロレスラーになりつつあるんですから、ネームバリューとしても充分過ぎるほどです」

「どうしようか和美さん。こんなに褒《ほ》められるのは久しぶりだ」

　笑ってしまった。和美さんも、嬉しそうに頷いている。

「だから、正直結婚式が心配でもあるんですよね」

　今日子さんが続けた。

「心配ってのは？」

「本橋さんが思っている以上に、ファンの方は今も大勢本橋十一の動静を気にしているんですよ。結婚式の情報がどこかから伝わって、当日に店にはたくさんのファンの方がやってくるのではないかと。何せお店ですから、駐車場には誰でも入れますよね」

「言ってたよね今日子さん、前からそれを」

　メグちゃんもちょっとだけ眼を細めた。

「まぁそんなことにはならねぇとは思うけどさ。そこんところは俺も考えていて、ほらメインは篠塚ちゃんと亜由ちゃんの結婚式なんだからさ。下手《へた》な邪魔が入らないように、昔馴染《むかしなじ》みの連中を呼んでおくから大丈夫だと思うぜ」

「昔馴染みとは？」

十一さんが、ニヤッと笑った。

「もちろん、プロレスラーさ。引退した連中からバリバリの若手まで、全員黒服着てボディガード代わりに配置するさ」

「それ、カッコいいですね！」

今日子さんが大喜びした。それってひょっとしたら自分より身長の高い人がたくさん来るって思ったからだったりして。

「そういやさ、これは偶然だけどね。ほらいろいろ機材レンタルや仕込みをやってくれる池野美智《いけのみち》さんを紹介したろう？」

「あ、はい」

すごく美人の池野さん。内緒だけど、俳優の二方さんの婚約者だって。

「あの池野さんが、今話にでた商社の徳萬のアグリビジネス部の人だぜ」

「えっ！　そうなんですか！」

今日子さんとメグちゃんと顔を見合わせてしまった。

「びっくりです。え、じゃあ十一さんに話を持ってきたのも、池野さん」

「そういうこったね。繋がるんだねぇこういうのは。おもしろいもんだな」

「本当にですね」

繋がるのは縁があるからだっていうけれど。

「あ、じゃあすみません、式次第とかパンフレット用とか、いろいろ使う写真撮りますね」

今日子さんが一眼レフを手にした。

「良いカメラだなぁ。会社のかい？」

「そうです。広報のものです。今日は篠塚さんがいないので、十一さんと和美さん中心に写真撮っちゃいますので」

「こんな普段着でいいんだよな？」

「普段着がいいんです。お二人の紹介をするんですから」

リングに上がってもらって、二人で並んでいるところや、十一さんが厨房にいるところ、二人でご飯を食べているところ。使うかどうかはわからないけど、和美さんが車に乗っているところや、メグちゃんをモデルにして和美さんが保険の説明をしているようなシーンも撮った。

　全部、式で皆さんに配る案内パンフレットに載せる写真。

　また打ち合わせに来るのを約束して、駐車場で手を振って車を出した。

「楽しかった！」

「うん。亜由ちゃんの言ってた通り、十一さんも和美さんもいい人で、ステキな二人だね」

「そうでしょ？」

「もっと近くに〈国道食堂〉があったらなー。私は毎日通っちゃうな」

　本当にそう思う。

「将来大きくして、支店とか出してもらいたいね。のれん分けとかして」

「それいいですね」

「そういえば今日子さん。パンフレットとか総務のマシン使うんでしょう？　私の方で言っておくよ？」

「ううん、日番《にちばん》印刷さんに頼んじゃうから大丈夫」

　印刷屋さんに？

「でも今日子さん、予算が」

「ご心配なく。偶然にも日番印刷さんには私の同級生が新人デザイナーとして入ったので、自分の練習のためにもって実費で引き受けてくれました。まぁ少ない枚数だからほとんどカラーコピーみたいな感じで作れるからって」

「そうなんだ」

「でも、印刷屋さんの手によるものだから、そりゃあ一生の記念になるクオリティの高いものが上がってきますよ」

　楽しみ。

2nd season

夏川伊久美

六十九歳　元女優

こうしてみると、結構な量の荷物になっちゃったわね。

「これ、四トントラック？」

「そうですよ」

豪《ごう》ちゃんがトラックの後ろの扉を閉めながら、うん、って頷《うなず》いた。レンタカーの四トントラック。

「普通免許で運転できるのね」

「昔っからそうですよ。今は八トンまでいいんだったかな？」

「あら、じゃあ私もできるの？」

どうして笑うのよ。

「ちゃんと運転できるかどうかはともかく、法的には可能です」

そんな大きなトラックを運転する機会なんて、普通の人にあるのかしら。豪ちゃんみたいな職種の人ならともかくも。

「さ、行きますよ。手伝うから助手席に乗ってください」

「手伝わなくたって乗れるわよ」

「ダメダメ。お年を考えてください」

「まだ七十前よ失礼ね」

でも、確かにこのトラックの助手席に乗るのは厄介《やっかい》よね。

「そこに手すりみたいなのありますから。そうそれを握って、はい、持ち上げますよ」

よっこいしょ、って言っちゃったわ。

「あぁ、随分《ずいぶん》久しぶりにトラックに乗ったけど、やっぱりこの高い視点は気持ち良いわね」

「確かにね。俺《おれ》も久しぶりですよ、トラック運転するの」

「大丈夫なの？　頼んでおいて今更《いまさら》だけど」

豪ちゃんが、頷きながらシートベルトを締めた。

「ゆっくり、安全運転で行きますから」

神奈川県ね。向こうに行くのも随分久しぶりだわ。こんなことでもなけりゃあ、行かかないわよね。友人も親戚《しんせき》もいないんだし。

そもそも豪ちゃんに会うのも、蓑原《みのはら》の葬儀のときが随分久しぶりだったんだから。いろいろ複雑な事情があるにしても、可愛《かわい》い私の甥《おい》っ子。可愛いなんていう年でもないだろうけどね。

「豪ちゃんは、離婚したんだっけね？」

ふと思って、ハンドルを握った豪ちゃんに訊《き》いたら、首を横に振って苦笑いされた。

「伊久美《いくみ》さん、離婚ってのは、まず結婚しないとできないですよ」

「そりゃそうよね。結婚してなかったっけ？」

「してません。娘はいますけどね」

あら、そうだったか。

娘はいるけど、結婚してない。なるほど。

あぁ、思い出した。

「あの娘ね？　何年前だったか、まだこんなちっちゃい頃《ころ》に法事に連れてきた子よね？」

「そうですそうです。さやかです」

さやかちゃんね。そうだったわ。そんな名前だった。可愛い子だった、はず。

「色白のね。豪ちゃんにはまったく似てなかった子」

頷きながら車を出した。

「母親似で良かったですよ」

「そのお母さんは、つまりあなたが種を仕込んだ人は元気なの？　会ったりしてるの？　結婚してないってことはシングルマザーよね」

「いや、もう全然会っていません。そもそも彼女はさやかを産んですぐに結婚しているので、シングルマザーじゃないですよ」

「あらそう。幸せなのね？」

「俺と結婚するよりははるかに。たぶんですけど」

「いろいろあったのね豪ちゃんも」

「いろいろあったんですよ」

そういう人生を送ったのねその彼女は。そして豪ちゃんは結婚もしていないのに娘がいたと。

前にも聞いたかもしれないけど、自分にとってどうでもいいことは忘れちゃうのよね。甥っ子のことといえども。

長距離のドライブなんて随分と久しぶりで、何だかちょっと楽しみな自分がいる。

「あのときは幼稚園だったかな？　今はもう立派な社会人ですよ」

あぁまだ娘の話題を続けるのね。顔がにやけているから、けっこう子煩悩《こぼんのう》なお父《とう》さんだったのね。そんなふうな思いを持てるんだったら、結婚してちゃんとした家庭を築いて子供を作ればよかったのに。

「何をしてるの？　娘のさやかちゃんは」

「航空会社で働いてます。なんでしたっけ、グランドスタッフでしたっけね？　地上勤務の」

ああ、ああいうのね。

「カウンターとか、搭乗《とうじょう》案内とかするお嬢さんたちね。トランシーバー持って一緒に走ってくれたりするような」

「そうそう。それです」

「スチュワーデスにはならなかったのね」

またスチュワーデスって言っちゃった。キャビンアテンダントよね。ややこしいわ。いいじゃないのよねスチュワーデスで。近頃は看護婦さんって言っても看護師です、って訂正されるし。

「何でまた航空会社なのかって訊いたら、さやかは野球ファンなんですよ」

「野球」

「小学校の頃はリトルリーグに入っていたぐらい野球好きでね。今はヤクルトファンなんですけど」

それはまた渋いところを好きな子ね。若い女の子なのに。偏見《へんけん》かしら。

「俺は日ハムですよ」

「どうしてまた最果《さいは》てに引っ越した球団なんか」

「怒られますよ北海道の人に。親父《おやじ》が東映《とうえい》フライヤーズの時代からファンだったんでね」

懐しい名前ね。すっかりそんなの忘れてたわ。

「ハラケンさんは、阪神ファンでしたよね」

そうね。そうだった。

「あの人は、生まれは西宮《にしのみや》だったからね」

それこそ、学生時代は野球やっていたって言ってたわよね。甲子園には行けなかったけど、県大会の決勝までは行ったたって。あの人は運動神経良かったから、きっといい選手だったんじゃないかしら。

「そう、それで、航空会社に入れば飛行機はタダで乗れるじゃないですか。そうすると試合の遠征にも行き放題だなってことで、がんばって就職したとか」

「なるほど、やるわわね」

そうやって自分の人生をしっかり作れる子になったのね。そういう意味では豪ちゃんにも、そしてお母《かあ》さんにも似たのかしら。

「シーズン中はとにかく野球の試合を観るスケジュールが優先事項で、まだ恋人もいないって話ですよ。とにかく毎日が楽しいって」

「いいじゃない。素敵なことよ」

何も結婚だけが幸せじゃないわよ。むしろ結婚したがために不幸になる方が多いんじゃないの。

私はまぁ、結婚しても離婚しても、どっちにしても幸せでも不幸でもどっちでもなかったけれど。

「伊久美さん、まだ煙草《たばこ》吸ってますか？」

「吸ってるわよ」

「残念ながらこのレンタカー禁煙なんで、吸いたくなったら思いっきり窓開《あ》けて吸ってくださいね。灰はその空き缶に入れてください。中に水が少し入ってるので気をつけて」

「準備がいいわね」

さすが喫煙者ね。天気が良いからむしろ窓はずっと開けておきたいからちょうどいいわよ。まぁ少しぐらいは我慢できるから大丈夫よ。

本当にいい天気。ドライブ日和《びより》ね。四トントラックっていうのが風情がないけれど、眺めはいいわ。

「この間ね、たまたまなんだけど、二方《ふたかた》さんに会ったのよ。二方一《はじめ》さん」

「そうなんですか」

「撮影現場でね。そう、それがね。彼は新しいドラマの撮影に入っていたんだけど、そのドラマが昭和の四十年頃のお話でね。彼が当時のスーツなんか着ていたんだけど、そういう格好《かっこう》をしていたら、蓑原に雰囲気《ふんいき》がそっくりでね」

「あー、わかります。二方くん、顔が似てるわけじゃないけど、佇《たたず》まいが若い頃のハラケンさんによく似てますよね」

そうなのよね。私もそのときにわかったんだけど。

「細っこいのにギラギラした熱さが伝わってきたり、その反対にとても柔《やわ》らかく優しい風が吹いてくるようなね」

同じ人の中に相反するものがはっきりと共存している。そういう役者って意外と少ないのよ。同じような役しかできない役者さんもそれはそれで存在価値はあるけれども、蓑原のように、同じ顔をしながらまったく違う雰囲気に切り替えられる役者は貴重。

きっと、二方さんの中に昔の自分を見たんじゃないかしらあの人は。

そうでなけりゃ、単に演技が上手《うま》いとか埋もれさせるにはもったいないとかで、あそこまで肩入れしなかったと思う。

「かつての自分と同じようなものを見て、そして自分ではできなかったことが二方さんにはできる。そう思ったんじゃないかしら。託《たく》したのよね」

「託した?」

「豪ちゃんも、ライブハウスなんかやってるんだから、とんでもない才能を持った若いミュージシャンに出会うこともあるんじゃないの?」

「そりゃあ、ありますよ。今までに何人も見てきた」

「そういう子にね、自分ではできなかったものや思いを、直接言わないにしても、託してみたことはなぁい?　それほど重たい感情ではなくても、近いものを」

うん、って、前を見たまま小さく顎《あご》を動かした。

「そういうのは、確かにあるでしょうね。両方の思いで」

「両方?」

「嫉妬《しっと》と同時に」

「あぁ」

そうね。

それは確かに。

「表現者なら持ってあたりまえの感情ね。嫉妬と羨望《せんぼう》。自分にはないものを持っている、あるいは自分よりも素晴らしい、新たな才能への思い」

「あります。ありまくりですよ。だからいまだにライブハウスの親父なんかやってるんです」

「そういうのがなくなったらどうするの」

「なくならないでしょう。死ぬまでミュージシャンですよ」

いいわね。そういうふうに言い切れるからこそ、豪ちゃんは音楽業界でやっていけるのよね。

そういうものがない表現者は、いずれどこかへ消えてしまう。

私みたいに。

「高速に入りますけど、何かあったら言ってくださいね」

「何かって？」

「トイレとか」

やぁねぇ。いくら叔母《おば》だからって一人の女性なのよ。もう少し言葉に気を遣《つか》いなさいよ。

「そんな年寄り扱いしないでちょうだい。平気よ。二、三時間ぐらいでしょうに」

結局、蓑原が最後に演技をした場所になってしまった〈国道食堂〉までは、それぐらい。

「伊久美さんが、昔は女優をやっていたっていうのは聞いていて知ってるんですけど」

「ほんの一時期よ。三年ぐらいだったかしらね」

女優だったって言うのも恥ずかしいぐらいに、本当にちょっとの間だけ。

「蓑原さんと共演したんですか？」

共演は、してないわね。

「なぁに、なれ初《そ》めとか知りたいの？　蓑原の最初の妻だった女の」

いや、って笑ったわね。別に知りたくもないわよね。

「最期《さいご》を看取《みと》ったのが、最初の妻であり最初のマネージャーだったっていうのは、どこかドラマチックですよね。あの人には他に奥さんが三人もいたのに。マスコミなんかもたくさん来てたでしょう」

「来たわね。うんざりしたけど、ちょっと嬉《うれ》しかったわ」

「嬉しかったんですか？」

「だって、蓑原が忘れられた存在じゃなかったことの証《あか》しになったでしょう」

どんなに傷ついた過去があったって、一度は愛した男よ。

そして、尊敬していた俳優よ。

☆

十九のときよ。初めて会ったのは。

そう、蓑原はひとつ上だったから二十歳だったのね。お互いに文藝学座《ぶんげいがくざ》のいちばん下っ端の役者だったのよ。

もっとも蓑原は入団してすぐにテレビの世界に行ったから、あの人が文藝学座に在籍《ざいせき》していたのを知らない座員も多かったわね。

奈良下《ならした》さん知ってるでしょ？　そうそう、奈良下路子《みちこ》さん。文藝学座の重鎮《じゅうちん》だった人よね。あの人が蓑原とドラマで親子役をやったことがあるんだけど。

うん、それそれ。いいドラマだったわよね。私も好きだったわ。

撮影が全部終わってから、奈良下さんが蓑原が文藝学座に在籍しているのを知って、跳び上がって驚いていたわよ。

「あんなのがいたの？」って。

あんなのっていうのは、文藝学座在籍とは思えないほど雑なのに、個性的で素晴らしい演技をしている役者がっていう褒《ほ》め言葉でね。奈良下さんはそうなのよ。芝居こそ丁寧《ていねい》で上品なのに、普段はざっかけない言葉遣いでね。好きだったわ。

そのとき?

そう、私はもうマネージャーをやっていたわ。

蓑原のね。あくまでも個人的にだけど。

私もね、実の姉が柚木眞子《ゆずきまさこ》だったからって才能があったわけじゃなかったわね。

ただもう情熱だけ。それしか持ってなかった。美人でもなかったから、だから、大した役もつかなかったし、あっという間に無理だなってわかっちゃったわ。

そう、そうね。

わかるっていう才能は持っていたのよ。

残酷《ざんこく》なものよね。いちばん大好きなのに、自分には向いていないんだってわかってしまうっていうのは。

豪ちゃんもそうだった?

そうよね、スタジオミュージシャンだったんだものね。テクニックはあっても、それだけじゃあ世に出られないっていうのは嫌っていうほどわかってしまうわよね。

同じよ。役者も。

ただ、才能がなくても運が良ければ細々と食って行くことができて、しかも身体《からだ》一つでできる商売だから、ミュージシャンよりお金が掛からないしね。その分諦《あきら》め切れない連中は多かったかもしれないわね。

私は、ついていったのよ。蓑原に。彼がドラマのオーディションを受けに行くときに、一緒にね。まだ付き合ってもいなかったけど、時間があるなら一緒に来てほしいって言われて。オーディションって言っても今みたいにきちんとした形のものじゃなくて、単純にプロデューサーや何やらに会うだけみたいな形ね。

本当に、ただ一緒にいただけ。同じオーディションを受けた人たちには理不尽《りふじん》な話だけど、その場でね、蓑原は決まったのよ。そして私も一緒に。

そうなの。別にオーディションを受けに来たわけでもないのに、いい雰囲気だからって、脚本にはなかった恋人役でね。役が決まったのよ。

それで、そのまま本当に蓑原の恋人になっちゃった。

もちろん、好きだったわよ。あの人の才能というか、役者としての個性にも惚《ほ》れていた。きっとスターになるって確信していたわ。

正直打算的《ださんてき》な部分もあったかも。私ってそういう女よ。どこか、情熱だけで走り切れないのね。だから役者としても駄目《だめ》だったし、蓑原の妻としても駄目だった。

まぁあの人が一人の女じゃあ満足できない男だったのもそうなんだけど。

あの人はね、恋人役や妻の役になった女優さん、皆に惚れちゃうのよ。そういうタイプの役者なの。

それは決して悪いことじゃないのよ。役者としては当然のことなの。少なくとも役を演じているときにはそうでなくちゃ困るのよ。そうできる役者こそが、いい役者なのね。

もちろん、一人の人間としては、役を離れたら切り替えられなきゃ困るわけだけど。多かれ少なかれ役者ってそこで生きてるの。

役柄と、自分の間を行ったり来たりしてね。

蓑原は、そんなことできなかったのね。全部、蓑原だった。刑事も犯人も板前も新聞記者もチンピラも全部が、蓑原だった。

希有《けう》な役者だったわ。

そうしてね、相手役の女優さんも、ほとんどがそういう蓑原に惚れちゃうの。役を超えて一人の女としてね。

魅力的な男なのよ。

ただただ、魅力的な男だったの。

女癖が悪いとか、浮気性とか、そういうふうな表現もできるだろうけど、そうじゃないのよ。

役者としても、男としても、ただ魅力的だっただけ。

だから私も、離婚してもマネージャーを続けられた。

そして、マネージャーを辞めて赤の他人になって何十年も経ってからでも、あの人の最期を看取ることもできたのよ。

そうね、ある意味ではロマンチックな男よね。

最初の妻がいちばん思い出に残っていて、その女と最期は一緒にいたいなんて思うんだからね。

そう言ってきたのよ。電話が掛かってきてね。もう駄目みたいだから、来てくれないかって。

俺の最期を看取ってくれないかって。

それに応えちゃう私も、自分が思っていたよりもロマンチックな女だったのかもね。

苦しまなかったのは、良かったわね。

自分のドラマを観ながら、眠るように逝《い》ったから。

そうなの、どこにも話していないけれど、あのドラマを観ながらよ。自分の家で、スクリーンを眺めながら逝ったのよ。

まぁ、いい最期だったんじゃないから。

元マネージャーとしても、いい舞台を作ってあげられて、良かったんじゃないかって自画自賛してるわよ。

☆

「二方くんも、そういう役者なんですかね」

「彼は」

違うわね。

「もっと利口《りこう》よ。利口って言い方はちょっと悪いわね。自然ね」

「自然？」

「まだ独身だったかしら？　二方さんは」

「そうですよ。恋人はいるんじゃないですかね」

「きっと恋人は安心できるわよ。彼は役に成り切るタイプじゃないわ。今風に言えば、特殊メイクを自分でできるタイプかしら」

役が終わったらその特殊メイクを全部外《はず》して、素の自分にすぐに戻れる。そしてまた被《かぶ》れる。

「憑依《ひょうい》じゃないんですね？」

「憑依じゃないわ。そんな役者はたくさんいるし、そういう人は憑依できるものが限られちゃうのよ。二方さんは、自然に、天然に、自由に役を作れる役者。そういう意味で、蓑原も羨《うらや》ましく思ったし、託したいって思ったんじゃないかしらね」

私も期待してるわ。きっと二方さんは、日本を代表する、いい意味での万人を騙《だま》せる役者になれる。

「騙せる役者というのは」

「最高の褒め言葉よ。役者なんて、観る人を騙してなんぼよ。二方さんって営業マンだったんですって？」

「そうらしいです」

「きっと営業成績ナンバーワンだったでしょうね」

間違った職種に行っていたら、希代《きたい》の詐欺師《さぎし》になったかも。

「あ、もう着きますよ。看板が見えます」

「あら」

本当だ。おかしな看板。〈ルート517〉ってネオンがあるのに、〈国道食堂〉とも書いてある。

昔の小学校が小さくなったみたいって言っていたけど、そのまんまね。懐かしくて、どこか不思議な建物。何も知らないで通りかかったらとても食堂とは思えない。

あの人が最後の演技をした場所。

〈国道食堂〉。

「でも、いい雰囲気でしょう?」

「本当ね。営業時間中でしょう?」

「この時間はいつもそんなに混んでないので大丈夫らしいですよ。ほら、十一《じゅういち》さんが待ってますよ」

あら、本当に。

「連絡したの?」

「さっき、LINEで」

店の入り口のところに、大きな男の人の姿。若い可愛らしい男の子もいるわね。十一さんの息子さんかしら。

「いやぁ、どうも!」

本橋《もとはし》十一さん!

いやだ、何にも変わってらっしゃらない。あの頃のまま。長い髪の毛も、笑顔も、身体つきも。

「本橋さん」

「夏川《なつかわ》さん。ようこそ、あ、今降ろしますよ」

ひょい、と、まるで赤ん坊を抱き上げるように私の身体を軽々と担《かつ》いで、トラックの助手席から降ろしてくれる。

凄《すご》いわやっぱり。引退してもプロレスラーなのね。

「何年ぶりになるのかしら」

「二十年以上ですね」

本当に笑顔が変わらない。人を惹《ひ》きつける太陽のような明るい笑顔。

「覚えてました？　私のこと」

たった数回会っただけの、蓑原のマネージャーだった女を。

「もちろんですよ！　美女は忘れないんで。見村《みむら》さんも久しぶり」

「ご無沙汰《ぶさた》でした」

豪ちゃんも、一緒にやったのよね。蓑原の最後の芝居を。蓑原は全然知らなかったのよ。

あの日の一人芝居に音楽を付けて、演出を全部やった男が、自分の最初の妻の甥っ子だったなんてね。

本橋十一さんは、あのドラマでご一緒しただけだったけれど強烈に覚えている。

プロレスラーっていうのは本当に凄い人たちばかりだった。強靭《きょうじん》な肉体もそうだけれど、そこに宿る精神みたいなものが、何もしなくても伝わってきた。

きっとあれは、闘いの遺伝子だと思ったわ。格闘家なら誰《だれ》もが持つもの。ひょっとしたら動物の本能としてそこにあるもの。

プロレスラーという格闘家は、その闘いの遺伝子をいちばん表に出し続ける人たちなのかも知れないって、あの当時に蓑原とも話したものよ。

「不思議な縁よね」

「本当ですよ」

あの人が、道に迷わなかったら、車がガス欠にならなかったら、ここには来なかった。

そして、二方さんに会うこともなかったし、本橋さんとも再会しなかった。

そして、こうやって蓑原の遺品みたいなものを、受け取ってももらえなかったし、私も十一さんに再会することもなかった。

「蓑原さんは、本当に残念でした」

十一さんが、哀しそうな顔をして。十一さんの魅力は、この感情表現が豊かなところね。

リングの上からでもそれが伝わってきたんでしょうね。

あのまま役者をやっても良かったかもしれない。

「本人は覚悟していましたし、きっと満足して向こうに行きましたよ」

それは、本当に。

やりきったって顔をしていました。満足だって。いい役者人生を送れたって。

「それよりも、本当に良かったのかしら。蓑原の遺言というか、わがままをきいてもらっちゃってこんな大荷物を持ってきてしまって」

「いやいやぁ！　ありがたい話ですよ。むしろ本当にいいのかって今も思ってます。あ、こいつはね、空《そら》って言います。うちで下宿してバイトしている大学生でね。蓑原さんの舞台も観たんですよ」

「あら、そう」

こんにちは、ってさわやかな笑顔の男の子。

「さ、じゃあ降ろしますか」

「これだけの人数で大丈夫かしら」

「何言ってるんです夏川さん。俺を誰だと思ってるんですか」

そうだったわね。

「じゃ、降ろしますね」

　豪ちゃんがトラックの後ろを開けて、ゲートだったかしら、それを出して。荷台の中には、たくさんの大きな黒いハードケース。

「全部キャスター付いてるんで、大丈夫ですよ。まず、でかいのから降ろしますね。これ、エレピです」

　電子ピアノね。エレピっていうのね。ゲートをリモコンで下ろして、空くんが押して運んでいく。

「ベーアン行きますねー」

　ベースアンプね。あとは、ギターアンプに、ドラムセットに、スピーカーや調整卓。ケーブルやらいろいろ。その他にも、プロジェクターや、大型スクリーン、映像関係の一式。

　全部、蓑原の家のスタジオにあったもの。

　蓑原が、遺言みたいに残したのよ。これを全部、向こうがよければだけれど、〈国道食堂〉に持っていってほしいって。

　ライブや、演劇や、そういうことにどんどん使ってほしいって。そして、星をどんどん掬《すく》い上げてほしいって。

〈国道食堂〉にはきっとそういうものがあるって言っていたわ。人が集まる何かがあるって。二方さんがここから出たのも、きっとそうだって。

自分も、そういうことがしたい。自分の遺《のこ》したものが使ってもらえるのは本当に嬉しいって。

「さすが、歌手でもあった蓑原さん。これ、けっこういいもんじゃないのかい？　見村ちゃん」

「けっこうどころか、最高のものばっかりですよ。俺が全部欲しいぐらい。これだけ揃《そろ》えば、ここはライブハウスって名乗ってもいいぐらいですよ」

歌手としてもずっと活動してきた蓑原。自分の家で録音したアルバムも出したぐらいよね。

「本人は、実はシンガーとしての活動の方が楽しいって言ってたわ」

「そうなんですね」

十一さんがいるから重いものでも大丈夫って思っていたけれど、考えたら全部キャスター付きのケースに入っているのよね。女の私でも運んでいける。

食堂の中は、本当に昭和の香りが漂《ただよ》う空間。お客さんも何人かいたけれど、荷物を運んでいても何も不思議そうな顔をしないのね。

ここでは週末ごとにいろんなイベントをやっているって言うから、お客さんも慣れているのね。そもそもトラックドライバーとか、荷物を運んでいる運転手さんがお客さんのほとんどだっていうから、見慣れた光景よねきっと。

「夏川さん、飯食って行くでしょう？　せっかく来てくれたんだから」

「もちろん」

蓑原もずっと言ってたのよ。ここのご飯は最高に美味《おい》しいって。それも、今日は楽しみにしていた。

「俺も昼飯にするんでね。ご一緒させてもらいます」


この年になるとね、いくら美味しくても量が食べられないから、大勢で大皿を囲むのはすごく助かるわ。いろんなものを少しずつ食べられるから。

空くんとか、美也《みや》ちゃんとか可愛い若い子がいるのね。二人して下宿しているなんて、珍しいわね。

ザンギにギョーザにチャーハン、青椒肉絲《チンジャオロースー》、棒棒鶏《バンバンジー》に、麻婆豆腐。中華三昧《ざんまい》ね。

本当に美味しいわ。

「十一さん、今更だけど、本当に持ってきちゃって良かったかしら。これだけの機材があっても、使える人がいないと宝の持ち腐れになっちゃうんだけど」

「大丈夫ですよ。うちに来る連中の中でわかってるのはいるし、それにこの空がね」

「空くん」

美味しそうに食べていた空くんが、ニコッと笑って頷いた。

「こういう音響関係とか、舞台関係にものすごく興味が湧《わ》いてきたらしくてね。この間も見村さんのところに遊びに行ってたんですよ。ライブのやり方なんかを教わりに」

「あら。そうだったの？」

そうそう、って豪ちゃん頷いたわね。言ってくれれば良かったのに。

「だから、ご心配なく。蓑原さんの遺志みたいなもんは、がっちり受け止めさせてもらいますよ。うちもね、ただの食堂だけじゃなく、どんどん新しいもんを受け入れて進化しないとね。若いもんにきっちり未来を作らせるために」

そうね。

本当にそう思うわ。

年寄りの役目は、それよね。若い人に、未来を作らせることよね。

2nd
season

有宮波乃

三十四歳　茶道講師

考えてみたら、美智《みち》ちゃんとこんなふうに待ち合わせするのは初めてかも。

「初めて？」

「そう、だって会うのはいつもどっちかの家だったから」

「あぁ、そうだよね」

同い年の、いとこだから。親戚《しんせき》だから。小さい頃《ころ》に会うときは必ずどっちかの家とかだったから。お父《とう》さんお母《かあ》さんと一緒にね。

「大人《おとな》になってからも、会うのはお墓参りとかだったしね」

親戚の結婚式でお互いに住んでいるところとは違う街で顔を合わせることもあったけど、それは待ち合わせじゃないでしょう。

「うん、ひょっとしたら初めてかも」

〈国道食堂〉で、美智ちゃんと待ち合わせ。

高菜《たかな》くんがよく行くとても美味《おい》しい食堂。前から聞いていて一度は行ってみたかった。結婚を、私にとっては再婚を決めて、その報告をしようと考えていたときに高菜くんが、〈国道食堂〉に行こうかって。

美智ちゃんと婚約した、もう後は婚姻届を出すだけになっている二方《ふたかた》くんがロケが近くであるので合間を縫《ぬ》ってご飯を食べに行く。そこへ美智ちゃんも仕事の打ち合わせで行くことになっているから待ち合わせして合流しようかって。

四人で会おうって。

「高菜くんたちは、プチ同窓会だね」

「そうなるね。池野《いけの》さんと会うのは本当に久しぶりだよ。十何年ぶりかなぁ。二十歳《はたち》のときの同窓会以来だから」

私は二年ぶり、かな？　会うのは。

ひなのも美智ちゃんは大好きで会えるのをすっごく楽しみにしていて、しかも遠くまでお出かけだから。

「昨日は眠れなかったみたい」

後ろの座席でもうぐっすり眠っている。

「ひなのちゃんは車に乗るとすぐ眠っちゃうよね」

「そうなの」

だからもっと小さい頃はすっごく助かっていた。どんなにぐずったときでも車に乗せたら眠っちゃったから。

「あ、美智ちゃんもそうだったかな」

「そうなの？」

私の母親は長女で、美智ちゃんのお母さんは次女。

「いちばん上にお兄さんがいて、その下は四姉妹なのね」

「五人は多いよね」

「ねぇ」

五人も兄弟姉妹がいる母親を持っている友人は、あんまりというか、少なくとも私の周りにはいなかったので、その話をするといつも軽く驚かれた。

「美智ちゃんは、小さい頃からとても目立っていたの」

その外国人かと思うような個性的な顔立ちと、明るい笑顔の女の子。あの顔立ちはお父さんの方の血筋ね。美智ちゃんのお父さんも眼が大きくて鼻筋が通ってちょっとハーフっぽい顔立ちで、若い頃から色男って呼ばれていたみたい。

「お母さんの兄妹《きょうだい》は年が近かったんだよね」

いちばん上のお兄さん、隆敏伯父《たかとしおじ》さんだけが確か八年だったかな、少し離れているけれど、その下の四姉妹は年子だったり二つ下だったりで、長女と四女は五歳ぐらいしか離れていないの。

「うん」

「だから、そんなにも離れていない同じぐらいの年代のいとこがたくさんいるのね」

私の母方のいとこは、九人。私と弟をいれると全部で十一人。

「たくさんでしょう?」

「本当だね」

そして、母の兄妹たちの仲はとても良かったんだ。

私も双子の弟とは仲が良いから、世の中には仲の悪いきょうだいもいるって話はどうしてもあんまりピンと来なくて、何故《なぜ》きょうだいなのに仲が悪いのかなぁ、って小さい頃は思っていたのよね。

仲が良くて、自分の子供たち、つまり私たちいとこの年齢も近かったから、夏休みに何家族か集まって旅行に行ったこともたくさんあるし、お盆には隆敏伯父さんの家に集まってお墓参りもしたし、私の家に何家族か集まって年越しを一緒にすることもあったんだ。

だから、同い年の美智ちゃんと私は仲が良かった。一年に何日かしか会えないから、余計に仲良くなった。

　小さい頃には、会えば一緒にただひたすら遊んでいたっけ。

「今でも思い出すのはね、バレリーナごっこ」

「バレリーナ？」

　そう。テレビか何かで見たんだと思うんだけど。

「こう、クルクルッと回るでしょ？　あれ何て言うんだっけ」

「ピルエット？」

「そうそうピルエット！　よく知ってるわね高菜くん」

「マンガでね」

　バレリーナがその場でくるくる回るのを、真似《まね》していたの。

「それがね、美智ちゃん、ものすごーく上手なの。別にバレエを習っていたわけでもなんでもないのに、くるくるくるくる、本当に上手に回るのよ何回転も」

「運動神経が良かったのかな」

　そうなんだ。運動神経もいいし身体能力も高いし、きっと眼も良かったんだと思う。見たことをそのまま自分でもできるっていう感じで。

「あ、じゃあそれが演劇をやっていたことにも繫《つな》がっていたのかな？」

「そうなんだと思うな。物真似とか、ジェスチャーゲームとかもすっごく上手だったのよ美智ちゃん」

とにかく何でも上手だった美智ちゃん。

学校の成績もずっとトップだったらしいし、運動会でも何やっても一位だったって。

「でも団体競技がどうも苦手だったらしくて、部活は運動部じゃなかったのね。中学校では放送部に入って、高校で演劇部に入って」

「そこで二方くんと会ったんだよね。確か池野さんは一年生のときは二方くんとは違うクラスだったから」

そうみたいね。

私は、ずっと美智ちゃんから二方くんの話を聞いていたんだ。大好きな人で、恋人になって、美智ちゃんにとって初めての人で、将来のことまで考えていた人。

「すっごく、羨《うらや》ましかった」

「羨ましい」

「だって、高校生の頃よ？　十六とか十七歳でまるで運命の人に出会ったみたいで。二方くんのことは、その頃は私は写真でしか見たことなかったけど、すごくカッコ良かったし」

「カッコよかったよねぇ。今でも全然変わんなくてカッコいいんだけど」

「ねぇ」

　俳優になるべくしてなったみたいな人。

　二方くんのお父様が亡くなられたのも、私は美智ちゃんから聞いて知ってた。お葬式に行ってきたことも。

「そう考えたら私って、一度も会ったことのない二方くんの今までの人生の半分ぐらいは知ってるのよね」

「そう言えばそうか」

「だって、小さい頃どんな子だったとか、どんな家庭で育ってきたかとか、全部美智ちゃんから話を聞いていたんだもの」

　美智ちゃんは、幸せそうだった。

　本当に、幸せな女の子だったんだ。個性的ではあるけれど美人で、頭が良くて、カッコいいカレシがいて、しかも将来結婚することまで考えていて。

「ちょっと、変というか、そういう話だけどね」

「そういう話？」

「初めての人と、そのまま結婚するってことはね」

「あぁ」

「とても幸せなことだなって思っていたの。私はね。もちろんその後の結婚生活がどうって話なんだけれど」

美智ちゃん、いいなー、って。羨ましいなーって。

私は、平凡。

平凡の基準をどこに置くのかって話になるけれども、本当に普通の女の子だった。顔立ちも身長も普通。高校生が主役のドラマがあったら、美智ちゃんは当然ヒロインか、もしくは主人公の男の子のカノジョ役で、私はゼッタイにその他大勢のクラスメイトの役。誰《だれ》の眼にも留まらない。

「そんなふうに言うなら僕もだけどね。その他大勢。主役は二方くんだよ」

「そうかもね」

「あ、でも主役の二方くんに救われるいじめられっ子役で出られたかも」

うん、高菜くんはそういう感じの役柄が似合うかも。

美智ちゃんはもう小学生の頃から英語とか習っていて、大きくなったら外国に住みたいなんて言っていたから。

すごいなぁ、って思っていたんだ。

でもそんな美智ちゃんといとこ同士でいられるのは良かったなぁって。好きだったのよ美智ちゃんと一緒にいるのが。遊んでいるのが。いとこ同士だけど、いちばんの親友みたいな感じで思っていた。

私は成績も普通だったし、考え方も普通だった。将来何になりたいか、なんてのも本当に何も思いつかなくて。

「勉強も特に好きでも嫌いでもなくて、ただ言われた通りにやっていただけ。だから、そこから先のことは何にも思いつかなくて」

父も母もそんな私のことをわかっていたのね。

平凡な子だから、どこかでいい人を見つけて結婚して、普通の家庭の専業主婦というのがいちばんだろうって。でも、女一人でも生きていけるようにせめて何か資格やそういうものを身に付けさせてあげようって。

だから、専門学校で簿記《ぼき》とかをね。

それなら、どこかの会社の事務職としてやっていけるだろうって。

そうそう、お茶を習わせたのもね、そういうものがあれば、ひょっとしてお茶の先生として一人でやっていけるんじゃないかって。

今になってみると、良かったっていうのは何か悔《くや》しいような悲しいような気持ちになってしまうけど。

「そうだね」

お茶の先生として少しでも生活費を稼《かせ》げたことが、あの人が死んでしまってからでも生活も心も支えてくれた。

もう頭の中で、夫、と思ってしまうことが少し申し訳なく思ってしまう。

でも、高菜くんはそんなふうに思わなくたっていい、と言ってくれるはず。あの人のことを誰よりも慕ってくれていたのは高菜くんなのだから。

亡くなった夫のことを。

研吾《けんご》さんのことを。

☆

高校を卒業して私が就職した会社は、株式会社ミコー。

自動車やオートバイ、建設機械などに使うクリーナーや潤滑油《じゅんかつゆ》や消耗《しょうもう》資材、その他物流業界の安全管理や安全対策に関わる商品などを扱う会社。

社長はよく〈縁の下の力持ち〉って話を社員の皆にしていた。どんなに立派で頑丈《がんじょう》な機械でも、私たちが扱う商品がなければ役に立たなくなってしまう。決して表には出ないけれども、なくてはならないものを扱っているんだから、誇りを持って仕事をしてくださいって。

経理部の一員として、社会に出ていったけれども、戸惑いとか迷いとか、そういうものは何もなかったな。

自分の役割をきちんと果たせばそれでいい仕事。間違いのないように、きちんと数字を管理する。それは私にとても向いていたみたいで。

だから、新入社員なのに妙に落ち着いているって皆に思われてしまったみたい。もともと地味な顔立ちだったから余計にだったかも。

高菜くんは同い年だけど大卒だったから、私よりも四年後に入ってきた社員としては後輩。それに営業部だったから最初はまったく知らなかった。うちは支社の中でもいちばん大きなところで、社員もたくさんいたから。

研吾さんは、夫だった有宮《ありみや》研吾さんも、営業部。

私が入社したときにはまだ二十八歳。営業部ではそろそろ中堅どころで、営業部第一課で係長になっていた。

そこに、高菜くんが部下として入ってきた。

私と研吾さんが知り合ったのも特別な何かがあったわけでもなく、私が第一課の経理を多くやっていたというだけ。

請求書や領収書の確認や、細々とした書類確認のときに係長である研吾さんのところに行くこともあったし、研吾さんも経理の私のところに来ることも多かった。ただ、それだけ。

いちばん初めは、今から考えると何か運命とか、そんなふうにも思えてしまうけれど、研吾さんと高菜くんと三人で食事をしたことだった。

本当に、ただの偶然。

仕事が終わって会社を出るときに、たまたま研吾さんと高菜くんと一緒になって、お疲れ様です、と、声を掛けあった。そのまま駅まで一緒に歩くことになるのは当然なので、何も気にせずに歩いていた。

「そういえば西條《さいじょう》さん」

「はい」

「うちの高菜と西條さんは同級生じゃないか？」

研吾さんがそう言って、私と高菜くんが顔を見合わせて、何年生まれなのかを確認して、そうだったのか、と。

そのときが本当に初対面。そして、それも本当に偶然だったのだけど、実家暮らしだった私は普段は真っ直《ま》ぐ《す》帰って家族と一緒にご飯を食べるのだけれど、両親は知人の葬儀で留守で、弟は専門学校の研修旅行の最中。なので、どこかで食べて帰ろうと思っていた。

「一緒に晩飯を食べようと高菜と話していたんだけど、よかったら西條さんはどうだい？　真っ直ぐ帰るのかい？」

研吾さんがそう誘ってくれたのも、単に私が部下の高菜くんと同級生だったから、食事中の会話も弾《はず》むんじゃないかと。ただそれだけだったはず。

そして、その三人での初めての晩ご飯は、とても楽しかった。

研吾さんは話し上手で聞き上手で、さすが営業部のエースと呼ばれている人は違うなって思っていた。高菜くんはきちんとした真面目《まじめ》な男の子で、お魚を食べるのがとても上手で箸使《はしづか》いもきれいだったことに感心して好意を持った。

話が、本当に弾んだ。

三人とも食べることが好きで何でも美味しく食べられるタイプだった。好きな映画やマンガの趣味も合った。考え方や感じ方が似通っていた。何よりも、自分たちでそう言うのは何だけれど、どちらかと言えば基本的には真面目で地味な性格だったのだ。

気が合ったのだ。

一緒にいて、話していて、気楽で楽しかったのだ。

その日から、私と研吾さんと高菜くんは、社内ですれ違うと挨拶《あいさつ》して他愛ない会話をして。そしてまた偶然帰りが一緒になって予定さえ空《あ》いていればどこかで食事をしたり、お茶をしたり。

私がどちらか一人と二人きりで会うことはなかった。研吾さんと高菜くんは直接の上司と部下ということもあったけれど、よく二人で行動していたから、必ず三人で食事をしたりしていた。

そうやって日々を過ごしていって、私は、研吾さんのことを好きになっていった。

高菜くんのことも、とても真面目でいい人だとは感じていたけれども、十歳年上である研吾さんの持つ包容力《ほうようりょく》みたいなものに魅《ひ》かれていった。

研吾さんが、私のことを好きになってくれたのはどうしてなのかはわからない。それまで女性と付き合ったことはもちろんあったけれど、その頃は誰とも付き合っていなかったそうだ。

初めてデートをしないかって言われたのは、偶然二人で帰る道すがら。それまでも高菜くんがいなくてたまたま二人で駅まで歩くこともあったのだけど、そういうときには決して食事やお茶に誘わなかったから、驚いた。

会社の先輩と後輩というのをまったく抜きにして、まったくのプライベートとして、会いたいって。

交際を申し込まれたのは、それから一年後。

結婚を申し込まれたのは、それから半年後。

結婚生活は、六年。ひなのと三人で暮らしたのは五年。

突然の事故で、研吾さんが死んでしまってから四年。

その間、高菜くんはずっと私たちの、私とひなのの傍《そば》にいてくれた。尊敬していた上司の突然の死に自分自身も深い悲しみに沈みながらも、残された私たちに寄り添ってくれていた。会社との様々な事務的な処理を全部やってくれたのも、高菜くんだった。

高菜くんがいなかったらどうなっていただろうって考えるのが怖い。

それは、最初は間違いなく大好きな上司の奥さんだった人を助けるための純粋な思いやりの気持ちであり、研吾さんへの感謝の気持ちだったと、後から高菜くんは言っていた。

それが、少しずつ少しずつ変化していったそうだ。

そして、気づいたんだって。そういえば、初めて会ったときから私に好意を持っていたんだって。

好きになっていたんだって。

その気持ちを封印したのは、相手が研吾さんだからだったんだって。好きになった人が、尊敬する上司と一緒になったことは、人生でも一、二を争うぐらいに嬉《うれ》しいことだったんだって。

そういう人なんだ。高菜くんは。

☆

「美智ちゃんが東大に入って東京で暮らし始めたときにね、ほんのちょっとの間だけど、うちに居たんだ」

「あ、そうなんだ」

そう、私の実家にね。

部屋が余っていたわけじゃないから、私の部屋に布団を敷いて一緒に寝ていた。もちろん小さい頃からそれはよくしていたことだったから、違和感とか何にもなくて楽しかった。

入学する前の、ほんの二週間ぐらいだったかな。

「そこで、初めて二万くんに別れを告《つ》げられたって聞いて」

「うん、そうだったよね」

二方くんは一方的にそう決めたんじゃなくて、きちんと話してくれたって。このまま遠距離恋愛を続けてもうまくいかないに決まっている。何よりも立場が違いすぎてしまうって。

東大生と、高卒で就職した男。

そんなのは気にしないって美智ちゃんが言っても、ダメだったって。何よりも、美智ちゃんも感じてしまったって。二方くんがそう思ってしまったからには、何を言ってもダメだろうし、仮に何とかやってみようとしたところで、ささいなすれ違いが大きくなるのは眼に見えてしまったって。

「僕は、聞いたときにはわかるな、って思ったよ。同じ男としては」

「そうでしょうね」

私も、実はそのときはそう感じた。そして、きっと美智ちゃんにはすぐにいい人が現れると思っていた。

その後は、私も就職したし美智ちゃんも部屋を借りて一人暮らしを始めて、そんなに頻《ひん》繁《ぱん》に行き来することはなかったけれど、半年に一回ぐらいは会っていた。その度に、いい人ができたかなんて恋バナをすることはよくあったし、私は研吾さんのことをよく話していたけれども。

美智ちゃんは誰とも付き合うようなことはなかったんだ。友達はたくさんいただろうし、デートなんかもしていたはずだけど、少なくとも、真剣にお付き合いをした人はいなかったはず。

そう感じた。

ずっとずっと、二方くんのことが、二方くんが、心の奥底に眠っていたんじゃないのかな。

「いつだったかな。確か四、五年前だと思うんだけど、話しているときにね、この間〈幸せな夢〉を見たんだって言い出したの」

「幸せな夢？」

「そう、幸せな夢。幸せっていう感情がまるで血液に混じって身体《からだ》一杯に拡がっていって、全身が幸せに包まれるような感覚を味わったんですって。夢の中で。そしてそのまま眼を覚《さ》ましてもその幸せって感情がずっと身体の中に残っていて、あぁこのままずっと布団の中にいたいって。この感情を消したくないって思ったって」

「え、どんな夢なの？」

「それはね、ちょっと恥ずかしくて言えないって」

「恥ずかしい？」

「たぶんね」

夢の中で二方くんに会ったんだと思うんだ。とても幸せなシーンで。

そしてそれが人生で最大の幸せと感じてしまうぐらいに、美智ちゃんの心の中にはずっとずっと二方くんがいた。

それからもずっと。

そして今は、二方くんが傍にいる。

本当に、良かったなぁって思った。奇跡じゃないかとも考えた。

だって、別れてから一度も会ったことも連絡したこともない二人が、本当に偶然が偶然を呼んで、故郷から遠く離れた国道沿いの食堂〈国道食堂〉で再会するなんて。

再会して、お互いにずっと好きでいたことを、ずっと愛していたことを確認できたなんて。奇跡以外の何ものでもないって。

「確かにそうだね」

「高菜くんが、偶然二方くんとそこで再会したのも、その奇跡のひとつだったのかも」

「うん」

人生には辛《つら》くて悲しいことがたくさん起こる。でも、それと同じぐらいに楽しいことも嬉しいこともやってくる。

今は、私もそう思える。信じられる。

〈国道食堂〉は話に聞いていた通りの店構え。そして本当にネオンサインが〈ルート517〉。確かに、高菜くんが言っていた通り、似合っているのかどうなのかものすごく微妙。

「ここ？　食堂！」

「そうだよ。大きなトラックも来るから気をつけてね」

パッと眼が覚めたひなのが嬉しそうに頷《うなず》きながら、ニコニコして車から降りた。

「プロレスラーさんがいるんだよね」

「そうそう」

すぐに手を繋いで、楽しそうに軽くスキップしながらひなのが高菜くんと一緒に扉を開けると、たまたまそこにいたのが、大きな、そして長髪の男の人。

「よぉ、高菜っちゃん！　いらっしゃい」

「おっきい！」

「お？　ひなのちゃんだな？」

「こんにちは！」

「はい、こんにちは。可愛《かわい》いなぁ。お母さんですね？」

「どうも、初めまして」

元プロレスラーの本橋十一《もとはしじゅういち》さん。

「いらっしゃい。もう来てるぜ。奥にいる」

縦に長い店内の奥に、本当にプロレスのリング。赤コーナーと青コーナーがある。こうやって間近で見るのも本当に初めて。

そして、そのリングの正面のテーブルに、こっちに背を向けて座っているのは、美智ちゃん。その隣に、二方くん。

私は動いている二方くんを初めて観《み》たのはテレビだから、もう素直に〈俳優・二方一〉がそこにいる！　って思ってしまって。

「お待たせ」

歩いていって声を掛けると、振り返った美智ちゃんの笑顔が一瞬戸惑《とまど》ったように固まって。

「美智ちゃん！」

「ひなのちゃーん！　久しぶりー」

抱きついていったひなのを受け止めながら、美智ちゃんは高菜くんを見て。

「え？」

「久しぶり、池野さん」

「高菜くん？」

「そう」

高菜くんなの？　って美智ちゃんが驚いて。

「え？」

私も驚いちゃって。二人で顔を見合わせてまた「えっ」って言い合ってしまったけれど、高菜くんも二方くんもただニコニコして。

ひなのもそれを見てわけもわからずニコニコして。この子、カッコいいお兄さん大好きだからきっと二方くんのファンになると思う。もうすぐにでも抱きついていくと思うけれど。

「どうして高菜くんが波《なみ》ちゃんと一緒に？」

「どうしてって」

もちろん、再婚相手としてきちんと紹介するつもりだったのだけれど、二方くんは高菜くんともう何度も会っているんだし私たちのことも知っているから、美智ちゃんに話してくれていると思っていたのに。

「ひょっとして、二方くんに聞いていなかったの？」

「え、何にも」

「いや実は」

　二方くんが楽しそうにニコニコしながら手の平を広げて高菜くんを示して。

「波乃《なみの》さんは、再婚するってことだけは言っていたけど相手が高菜ってことは美智に話していないって高菜から聞いたから、じゃあ今日、こうやって突然知った方が楽しいかなって思ってね」

「二方くんがそういうものだから」

　高菜くんもニコニコして。

「え、じゃあ」

　美智ちゃんが両手の平を合わせて。

「高菜くん」

「うん」

「波ちゃんの再婚相手って」

「そう」

　美智ちゃんは眼をパチパチさせながら。

「高菜くんは、波ちゃんと同じ会社にいたの？」

「そうなんだよ池野さん」

「私だけが何も知らなかったの？」

「高菜が何ていう会社にいるかは前に話したよね？」

二方くんが言うと、そういえば、って美智ちゃんが頷いて。

「でも、まさかそれが波ちゃんがいた会社だなんて、全然まったく結びついていなかった」

わーっ、て美智ちゃんがおでこに手を当てて、でも、にっこり微笑《ほほえ》んで。

「改めて、おめでとう波ちゃん！」

「ありがとう」

「高菜くんも」

「うん、ありがとう」

「はいよー、プチ同窓会お疲れさん。これ店からのサービスな」

本橋さんが持ってきてくれたのは、大皿に盛られた美味しそうな唐揚げ。あ、ここのはザンギだった。北海道の。

「美味しそう！」

「美味しいよーひなのちゃんいっぱい食べてくれよ。他のオーダーはゆっくりでいいから呼んでくれな」

あぁそうそう、って皆でまずはメニューを見始めて、ひなのはふわとろのオムライスを食べたいって言い出して、私たちも食べたいものを選んでオーダーして。

「だけど、でもでも高菜くん、すっごい久しぶりで、今日こうして会ったからわかったけど」

「どこかですれ違ってもわからなかったでしょ？」

美智に言われて、身体を揺すって笑った。

「全然よ。同窓会で会ったときには全然高校のときと変わっていなかったのに」

就職して、お昼にランチを摂《と》るようになってから太りだしたのよね。

私も初めて会ったときには、少しだけぽっちゃりはしているけれど、中肉中背な人だったから。

「これでもね、ダイエットを始めたんだよ」

「これでも」

「ここで俺《おれ》と再会したときよりも、もう八キロ落としたんだもんな」

二方くんが言って、そうなんだよ、って高菜くんが笑って。そう、いちばん太っているときを知っている私からすると、ものすごくすっきりしてきた。

「これからは健康に気をつけないと」

長生きするんだって、高菜くんは言ってくれた。

絶対に、私よりも、もちろんひなのよりも、先に死んだりしないって約束してくれた。

二度と、私とひなのを二人きりにしないって。

2nd season

高幡しずか　三十六歳　ネイチャーフォトグラファー

中島《なかじま》みゆきさんの、『糸』って歌。

私も、好きだ。何となく柄《がら》じゃないって思うから、誰《だれ》かとカラオケ行ったときに歌ったりしないけど、実はヒトカラしたときには熱唱しちゃったりする。

糸は、人と人の縁《えん》だよね。

そんなに珍しいっていうか変わったことは歌っていないんだよねみゆきさんの歌は。歌詞はどれもそうだけど普遍的なことしか、あたりまえのことしか歌っていないのに、心に刺さる。

本当に、人と人の縁って不思議だ。

どこでどうなって、出会ったりするかまったくわからない。繋《つな》がりそうもなかったものが、ひょんなことで繋がっていったりする。

〈国道食堂〉に行ったのは、本当に偶然。

自宅の近くの中華料理屋の奥さんに錦織《にしきおり》っていうところがものすごくきれいな土地だからたぶんいい写真が撮《と》れるって教えてもらって、国道五一七号線を走ってそこに辿《たど》り着いて、そしてお巡《まわ》りさんに〈国道食堂〉を教えてもらって。

行ってみたら、小菅《こすが》さんに頼まれていた加藤和美《かとうかずみ》さんに出会ってしまって。

出会うはずなんかなかった。

誰だってそう思うはず。

小菅さんは、取引先の印刷会社のちょっと偉い人とはいっても、プライベートは何も知らない関係ないまったくの赤の他人。

その赤の他人の別れた奥さんである加藤和美さんは、さらに私にとっては本当に一ミリも縁がなかったはず。

その加藤さんに、別れた妻に、もしもばったり出会ったらどこにいるのかこっそりと教えてくれなんていう依頼は、お願いは、普通は叶《かな》わない。

いくら私がフォトグラファーで、〈ワーキング・ウーマン〉ってコンセプトで日本中の働く女性の写真を撮っていたとしても。

そんな偶然は神様だって仕組まないって思っていた。

小菅さんと加藤さんが別れた原因は、どうやらＤＶ。本人が言っていたから間違いないと思う。もちろん、小菅さんの。どういうものだったのかは聞きたくもなかったので知らないけれど。

そして、別れた奥さんの加藤さんが今はどこにいるのかも何をしているのかもまったくわからないっていうのは、小菅さんが相当にヤバい奴《やつ》だったんだと思う。そういうふうにして別れたんだ。

逃げたんだよね。どこにいるかもわからなくなるように。加藤さんは。そうじゃなきゃ捜さないものね。

どうして捜すのかも聞いていないけれど、その依頼を受けてしまっていた。

見つかるはずないって思いながら。

それは小菅さんも言っていた。現実問題として、私は捜すんじゃなくて偶然見つけたら教えてほしいって頼まれただけなんだから。

偶然会うはずがない。

確かに、自分の家で毎日を過ごしている専業主婦の方よりかは、偶然にでも出会う確率は高いだろうけれど。そして、フォトグラファーという仕事の性質上、顔つきや雰囲気で人を見分ける能力も高いだろうけど。

それでも。

受け取ってしまった二十万が最初は何か重かったけれど、何ヶ月、一年と経《た》つ内にその重さも忘れてしまって使ってしまっていた。案《あん》の定《じょう》、加藤和美さんには出会わないまま二年が過ぎた。

もう依頼自体も頭の中から抜け落ちそうになっていた。

それなのに、出会った。

迷った。

話もしなかったし、もちろんこちらから声を掛けることもしなかった。出会った場所の〈国道食堂〉にはもう近づかないでおこうとも思った。

忘れようとした。

だって、加藤和美さんの笑顔は幸せそうなものだったから。

DVを受けた過去を忘れて、違う幸せな人生を歩《あゆ》んでいそうに思ったから。

小菅さんに報告しないで、このまま黙っていようと。私が黙っていればそれで済むものだから。

でも、また出会ってしまった。

今度は、加藤和美さんのことをよく知っている〈国道食堂〉で働いているおばあちゃんに。

賀川《かがわ》ふさ子さんに。

新幹線で。

そんな偶然、ある？　あったんだからびっくりしちゃう。

仕事帰りの同じ新幹線で、滅多《めった》に旅になんか出ないというふさ子さんとばったり会ってしまうって。

そして、加藤和美さんが十一《じゅういち》さんと幸せになるかもしれないって聞かされて。

糸が、縁が繋がってしまった。

これを、切ることなんかできるはずがない。繋がっていたい。

そのためには。

☆

「お久しぶりです」

ほぼ三年ぶりに会う小菅さんは、まったく何も変わっていなかった。きちんとした印刷会社の営業部のそこそこ偉い人。

ただ普通に会っている分には、背も高くて押し出しも良くて、いい感じの人に思える。

「わざわざアポを取ってから来たってことは、あの件だろうか」

そうです。あの件です。持っていたファイルから、封筒を取り出した。あの日に小菅さんから貰《もら》ったそのままの封筒。

中身の二十万は、入れ替わっちゃったけど。とっくに使ってしまっていたので、新しく下ろしてきたお金。

「これ、お返しします」

テーブルの上に滑《すべ》らす。

「今更《いまさら》？」

「すみません。本当に今更ですけど」

もうこの封筒を受け取ってから二年以上経っているけれど。

「中身はそのまま？」

「そのままです」

小菅さんの眼が細くなった。

「返さなくてもいい、と言ったはずだけど。納得して仕事を受けてくれたらそのままで、と」

確かにそうですけど。

「心境の変化です。何年も経ってから何を言ってるんだと呆《あき》れられても仕方ないですけど、やはり自分にはそういうことはできないと思い直しまして」

「できないっていうか、やっていたんじゃないの？　もう二年経っているんだから、少なくとも一回以上は考えたよね？　撮影しているときにそういえば、とか」

「そうですね」

それは確かにそう。加藤和美さんの顔をしっかり覚えて、何度も考えたことがある。似たような人を見かけてちょっと驚いたこともあった。

「それじゃあ、依頼をこなしていたと同じことだと思う。これは返さなくていい。そのまま受け取ってくれ」

「いえ、そういうわけにも」

小菅さんが、首を傾《かし》げた。

「まさか、見つけたとか？」

「違います」

絶対に言わない。そう突っ込まれても驚いたりしないように、きちんといいわけを考えていたから大丈夫。

小菅さんは、ＤＶをするようなクズ野郎だったとしても、仕事はできる人なんだ。ちゃんとした理由や対応をしないと、どこかで見抜かれてしまうと思う。

「見つけてはいません。でも、この件とはまったく関係のない、ある出来事がありまして、こんな依頼を受けているような自分では、もうこの先女性たちの写真なんか撮れないな、と思うようになりまして」

「それは、どんなこと？」

「話せません。あなたには何の関係もありませんし、個人的なことです。とにかくお返しします」

もう一度、封筒を小菅さんの方に滑らせた。

「もちろん、この件を他の方に話すようなことは一切しません。ご安心ください。それでは」

もう何も話すつもりもなかった。これで、カレンダーの写真の依頼がなくなってしまってもいい。

「いや高幡《たかはた》さん、もういいんだ」

落ち着いた様子で、軽く右手を上げた。

「いい？」

「必要なくなったから、君が気にしたり気に病《や》んだりすることはまったくない」

必要ないって。

「どういうことですか？」

「もういいんだ。君は、彼女を捜さなくてもいいし、仮にこの先に見かけたとしても僕に報告しなくていい。無視していい。忘れていいんだ。だから、このお金は、あれだ。迷惑料とか、あるいはお車代みたいな感じで取っといてくれた方が僕も助かる。気にしなくて済む」

お車代って。

「こんな大金をお車代になんかにできません」

うん、って頷《うなず》いて少し考えた。

「確かにね。君はフリーだしどこからの入金かはっきりしないといろいろと困るか。じゃああれだ。僕の話を聞いた後に撮った、どこかの素敵な風景写真のデータを一枚送ってください」

「風景写真？」

「そう」

「それをどうするんですか？」

「今年の僕の年賀状にでも使わせてもらうよ。それなら個人的な仕事の依頼ってことで、入金があっても大丈夫だろう。まぁそれでも多いかもしれないから」

　封筒を手にして、中からお金を出した。

「半分は返してもらう。半分は取っといて。これぐらいなら個人依頼の撮影の相応《そうおう》なギャランティになるでしょう」

　半分にして入れ直した封筒を、私に向けてテーブルの上を滑らせた。確かにそれぐらいにはなるかもしれないけれど。

「頼むよ。本当に迷惑を掛けたと思っているんだ。受け取ってくれれば僕の気も済む。もちろん、これから先の仕事にもこれは何の影響もないから」

　影響はない。

　それは間違いないとは思う。実際、今までもきちんと仕事の依頼はあったのだから。

　でも。

「わかりました。では、間違いなく写真データを小菅さんのメアドに。念のためにプリントも後から送付します」

「うん、そうしてくれ」

　どうしても気になる。

　私には関係のないことだけど。いや、もう関係なくはないんだ。

私に、縁ができてしまった。

糸が繋がってしまった。

「お訊《き》きしたいのですが」

「何だろう」

まさかとは思うのだけど。

「必要ないとは、どういう意味なのでしょう。小菅さんが、自分で加藤和美さんを見つけたから、もう私が捜す必要はないってことでしょうか？」

唇が、ほんの少し歪《ゆが》んだ。

「いや、僕は自分で捜していないし、見つけてもいない」

「では、何故《なぜ》ですか」

「何をそんなに気にするんだ？」

気になるからです。

「同じ女性として、気になっただけです。一度はそんな依頼を受けておいて言う台詞《セリフ》じゃありませんけれど、ＤＶで別れた夫が捜していると思っただけで、その元奥さんにとっては恐怖でしかありません」

小菅さんは、私を見つめてから、少し下を向いた。

「そうだね。確かにそうだ。でも、君にはもう関係のないことだ」

これで終わり、と、小菅さんが椅子《いす》から立ち上がった。

2nd season

黒岩蘭子

三十三歳　トラックドライバー

「今でもよく訊かれますよ。『どうしてこんな仕事を？』って」

「あ、やっぱりですか」

「こんな仕事っていうのは、訊いた人がトラックドライバーを見下《みくだ》しているわけじゃなくて、もうそれは〈男の仕事〉って固定観念が皆の中にあるからですよね。力仕事だろうし、それにものすごい荒っぽい男がやる仕事だろうって」

「そうですよね」

「私は観たことないんですけど、映画の影響だって言う人もいます」

「私もないですけど、知ってます。『トラック野郎』ですよね」

「そうですそうです」

「今でも、ステッカーとか装飾とかで、自分の車に付けている人いますよね『トラック野郎』」

「いますいます。私の知り合いもたくさんいます」

「野郎、ですからね」

「野郎、なんですよ。だから女性トラックドライバーってどうしても奇異《きい》な眼で見られちゃうんですよね」

「お子さんがいるって聞いたんですけど」

「そう、女の子です。シングルマザーです」

「じゃあ、こうやって仕事のときは」

「お義母《かあ》さんと、義理の母ですね。一緒に暮らしていますから。私の自分の家族とはまったく疎遠なもので。もう義母と私と娘が家族なんですよ」

〈ワーキング・ウーマン〉ってテーマで写真を撮ってるカメラマンの、あ、フォトグラファーか。高幡《たかはた》しずかさん。

しずかさんの切るシャッターの音が、こうやって普通の会話の中に入ってくるのがもう気にならなくなったし、何だかだんだんその音を聞いているのが気持ち良くなってきちゃった。

そうか、モデルさんとか女優さんとか、写真を撮られる人はこういう気持ちになるんだなぁってちょっとわかるような気がしてきちゃった。カシャカシャカシャ！　っていうあのシャッター音は、何ていうか、人の心を高揚《こうよう》させるような効果があるのかも。

それともあれかな、見られているっていう感覚なのかな。人間って他人に見られているって意識すると細胞が活性化するとかいうものね。


「それでも、力仕事ではありますよね」

「確かに。でも、実際は積み込みは専門の人がやってドライバーが荷物を運ばない場合もあるし、全部が全部力仕事ではないんですよね。私の担当する荷物もほとんど積み込みから積み下ろしまで別の人がやるものなので」

「その別の人というのは、荷物を発送する側の人たち」

「そうです。発送して、受け取る倉庫で働く人たちですね。だから私はちゃんと積み込まれたか、荷崩れしないか、しっかり固定されているかを確認して走り出して運転するだけ。女性でもできる仕事でもあるんです」

「基本は、運転が好きか嫌いかですね」

「そうだと思います。そして大型トラックの運転席に座ったことある人自体が少ないじゃないですか」

「少ないですよね」

「だから、車の運転が好きだな、って思える女の人は、一度トラックの助手席でもいいから乗ってみるといいと思うんですよね」

「そうしたら、もっと女性ドライバーが増えるかも」

「そう思いますよ。実際、まぁ男の人は今はいろいろ規制されて大変だって言う人が多いですけど、逆に女性が働きやすくなった部分もあるんじゃないかって思います」

「黒岩《くろいわ》さん、敬語使わなくてもいいですよ。タメ口でも。私たち三つしか違わないんだし」

「や、三つ違ったら先輩ですから。高幡さんこそ、さん付けなんかいいです。黒岩でも、蘭子《らんこ》でも呼び捨てでも」

「じゃ、蘭子ちゃんって。ランちゃんって呼ばれます？」

「そうそう。もうおじさんたちなんかはランちゃんランちゃんって。キャンディーズですよね？　何か顔の形だけは似てるみたいで」

「似てると思う」

「じゃあ私はしずかさんで」

「体育会系？」

「どっちかといえば。中学ではバスケ部だったんで」

「あ、私も中学でバスケ部だった！」

「偶然！」

「高校では私は写真部があったんで入らなかったけど」

「私は、高校では帰宅部で」

「部活はしなかったんだ」

「お金貯《た》めたかったんですよね。だからバイト三昧《ざんまい》。もちろん学校には内緒で。あ、そろそろ出発します」

「あ、じゃあよろしくお願いしますね。シャッター音とか運転の邪魔になるようなら言ってね」

「大丈夫ですよ」

「会話もなるべくしないから」

「や、会話も大丈夫です。むしろ眠くならないから歓迎です」

　会社にも同乗の許可を取ってある撮影だから、全然平気。

　もちろんお喋《しゃべ》りに夢中になっちゃったら困るけど、もうドライバーとしてはベテランの部類なんだからそこんところは大丈夫。走るルートもいつものところだし、昼間だからますます大丈夫。

しずかさん、好きなタイプの女性だ。きっとさっぱりしている人。

「よく運転手さんって怖い場面に出会《でくわ》すことが多いって聞くけど、やっぱりそういうのあるの？」

「いろんな意味で怖い場面は、けっこうありますよ。ほら、位置が高いでしょトラックって」

「うん」

「すると他の車の中が丸見えになることあるんですよね。下半身丸出しで運転してるおっさんとか見たことありますよ」

「怖い！　って言うかキモイ！」

「もうなんてもんを見せてくれンだてめぇ！　って気持ちになっちゃいますよね。あと、運転手の股間《こかん》に顔を埋《うず》めている女の人とか」

「あー、そっち系が多いんだ」

「ガチで怖い系もけっこう聞きますよ。トラックステーションの詰所《つめしょ》なんかで休憩していると、皆でそういう話してます。私そういうのダメなんで聞きたくないんですけど、でもヤバい場所とかあるので、確認はしちゃうんですよね」

「ヤバい場所って、出るところ？」

「そうです。あるんですよやっぱり。トンネルとか。私がいつも走るルートにはないんですけど、そこのトンネルを走らなきゃならない人はしっかり遠回りするみたいですよ。しずかさんこそ、カメラマン、あ、フォトグラファーなんだから」

「カメラマンでも。言いやすいしね」

「撮影ばかりしているんだから、変なものとか写《うつ》るんじゃないですか？」

「いやー、それはね、あるのよ本当に。私もダメな方だからそういうのがあるともう二、三日マジでへこんでるの」

「働く女性ってテーマだけど、しずかさんも働く女性ですよね」

「あぁ、そうね。そういう意味では」

「自分の写真も撮ったらいいんじゃないですか？」

「それも、考えてる。最後の最後にセルフポートレイトを撮ろうかなって。あ、自撮りね」

「最後の予定はあるんですか？」

「あー、人数的にはそろそろいいかなって感じなんだけど」

「何人ぐらい撮ったんですか？　どんな職業だったとか訊いてもいいです？」

「蘭子ちゃんで、四十一人目。一応、五十人ぐらいかなって感じなんだけど」

「五十人。けっこうな人数ですよね」

「看護師さん、お医者さんから始めて、お花屋さん、八百屋《やおや》さん、漁師さんって魚の方ね」

「漁師！　女性漁師もいるんですね」

「いるいる。けっこういるのよ。警察官とか自衛官とかの公務員関係はほぼ押さえたし、あ、獣の方の猟師さんも」

「猟師さん！」

「兼業だけどね。それだけでは食べていけないから、農業をやりながらだけど。あ、もちろん農家で働く女性も」

「いろんな農家がありますもんね」

「そう。米農家に野菜を作ってるところに果物に。もちろん、専業主婦も」

「主婦だって働く女性ですもんね」

「そう」

「変わったっていうか、あまり知らない職業の人っていいます？」

「知ってはいるだろうけど、馴染《なじ》みのないところでは、さっき言った猟師さんもそうだけど、たとえば研究員の人とか」

「研究員」

「大手の企業で製造業であればその道の研究員がいるのよね。化粧品の会社でもいるでしょ？」

「あぁ！　そういう研究員」

「そうそう。警察関係でも、ドラマでも有名な科学捜査研究所の人とかね。毎日研究している人たちは、馴染みがないけどたくさんいるのよね。変わっているところでは、これも知ってる人は知ってるけど、ダウジングって知ってる？」

「あ、知ってます。あの棒をもって地下の水脈や鉱脈を探すんですよね？」

「そうそう、そのプロが、女性が都内某所にいるのよ。一応所属は公務員で水道局にお勤めの人なんだけど」

「え、プロってことは、ダウジング専門でやってるんですか」

「百発百中なんですって。その女性がやると水道管の破れたところとか、古い水道管がどこにあるかとか、誤差〇％で当たるの」

「スゴイ！」

「だから、あちこちの水道局からお願いされて出張ばっかり行ってて、ホテル暮らし。自分の家には盆暮れ正月しか帰れないって」

「あれですねぇ、何かのＣＭじゃないですけど、本当に世の中いろんな職業の人がいて、そういう人たちがいるからこそ皆がこうやって暮らしていけるんですよね」

「それはもう、本当に。私たちこそ蘭子ちゃんみたいなドライバーさんが、物流の人たちがいるからこそ暮らしていける。私たちフォトグラファーなんかいてもいなくてもいいような商売だから」

「そんなことないですよ」

　私はドラマも映画もマンガも小説も好き。大好き。

　そういうものがあるからこそ、辛《つら》いことがあったりしても、やっていけたりする。

　人を楽しませる、なごませる、感動させるものを作れる人たちの才能があるからこそ、それこそ私たちはどんなに辛いことがあっても、それを乗り越えて暮らしていけるんだと思う。

　だから、素直に尊敬する。そういう才能を持っている人たちを。

「この職業を選んだっていうのは、やっぱり運転が好きだったの？」

「そうですね。好きでしたよ」

「運転が好きになったっていうのは、どなたかの影響とか？」

「あぁ」

「あ、ごめん、立ち入ったことだったら」

「ううん、いいんです。死んだ旦那《だんな》がそうだったんですよ。トラックドライバー」

「そうだったんですね。お悔《く》やみ申し上げます」

「でもその前から車の運転は好きだったんですよね。免許を取ったのは単純に大人《おとな》になったから取ろう、ってだけですけど。それで、別に夫の遺志を継ぐとかそんなんじゃないけれど、子供もいるしこれからの暮らしをどうしようって考えたときに、同じ仕事をしようって」

「そのトラックドライバーだったご主人とは、どこで」

「あ、職場結婚ですよ。私、最初は事務員だったんです運送会社の。そこで知り合ったので、そうですよね。馴染みがあったんですよ。仕事内容もわかっていたし」

「そうだったんですね」

「そういえば誰かに私のことを聞いたんですか？　女性ドライバーを撮影したいって会社から言われたんですけど、うちの会社に来たのはたまたまですか」

「たまたまではなくて、最初は、えーと食堂の〈国道食堂〉って知ってますよね？」

「知ってます知ってます。え、しずかさん、〈国道食堂〉知ってるんですか!?」

「行ったことあるんだよね？」

「あるある。まだ一回しか行けてないんだけど。元プロレスラーの」

「そう！　私もまだ一回しか行っていないんだけど、十一さんのお店」

「美味《おい》しいんですよね！　何でも」

「そうなの。そこでね、女性トラックドライバーも来るんだろうって思って訊いてみたら、十一さんが会社の名前を教えてくれて」

「そうだったんですね。え、どうしてしずかさんは行ったんですかあそこに」

「たまたまなの。私の本業っていうか、人物よりは風景や自然の写真を撮る方が多いのね」

「あ、言ってましたね」

「それであそこの錦織の風景が素晴らしいって話を聞いて、撮りに行ったら〈国道食堂〉で泊まれるって」

「あ、じゃあひょっとしてあそこの双子のおばあちゃんも」

「ふさ子さんとみさ子さんね。まだ撮っていないんだけど、撮らせてもらう約束はしたの。〈ワーキング・ウーマン〉として」

「いいですよねあのおばあちゃん二人」

「良かった。なるべく早めに撮影しに行こうと思ってるんだけど」

「私も、今度一度行くんです」

「あっちを走ることがあるの？」

「十一さんが結婚するって話は知ってます？」

「あー、お見合いさせたって話は聞いたし、付き合ってるとも聞いたけど、結婚は決まりそうなの？」

「そう聞いています。実はですね、十一さんの結婚相手の女性が、知り合いなんですよ」

「知り合い？」

「そうです。元の義理の姉なんです」

「元の？」

「ややこしいでしょ。つまり、兄の奥さんだった人なんです」

「お兄さん。でも、蘭子ちゃん、ご家族とは疎遠だって」

「そう。もう兄とは何の関係もないって思ってるし実際そうなんですけど、義姉のことは大好きだったんです。いろいろあって、ずっと会っていなかったんですけど、偶然再会できて、そして十一さんと結婚することも教えてもらって。結婚式にも行くんです」

「結婚式」

「〈国道食堂〉でするんですよ。リングの上で！　と言っても結婚式を挙げるのは別のお客さんのカップルで、義姉は再婚だしおおげさにはしないので、二人のお披露目だけなんですけど」

「ちょっと待って蘭子ちゃん」

「はい」

「兄の奥さんだった人って、まさか加藤和美さん？」

「そうですよ。知ってました？　十一さんの奥さんになる人」

「蘭子ちゃん、ひょっとして旧姓は小菅《こすが》さん？」

「はい。え、何でですか」

「お兄さんって、小菅智男《ともお》さん？　日番印刷の」

「そうですけど、え、何で知ってるんですか」

「蘭子ちゃん」

「はい」

「結婚式って、いつなの」

「どうしたんですか」

「あなたのお兄さんと加藤和美さんの間に何があったのかも詳しく教えて。ひょっとしたら、お兄さんはそれを知っているかもしれない」

「兄が？」

「私は、お兄さんを知っているの」

2nd season

二方将二

二十九歳　マンキュラスホテル東京　料飲部企画課ディレクター

いくらここで働いているホテルマンって言っても、そろそろ中堅どころの年齢でも、兄と婚約者が泊まる部屋を訪ねていくっていうのは何か妙な気分だ。

歩き慣れた、それこそ自分の家ぐらいの感覚がある長い廊下を歩いていてもどこか緊張してしまったりして。まぁ今は出勤前で私服姿だからお客様と擦《す》れ違っても避けなくてもいいから楽だけどなんか変だ。

「身体《からだ》に染みついちゃったんだなぁ」

ホテルマンとしてのものが。実際、さっき客室のドアが開いたときについ脇《わき》に控えてしまいそうになって、危ない危ないって。私服でそれをやったらただの不審者《ふしんしゃ》になってしまう。

三十五階のツインの角部屋。とは言ってもちょっと広くて窓が二面にあるっていうだけで、ごく普通のツイン。

今の兄《にい》ちゃんならスイートにだって宿泊できると思うんだけど。スイートも社員家族割引を適用させて三割引にもできるのに。

ドアの前でＬＩＮＥを送る。

【着いたよ】

既読がついて、すぐにドアが開いた。

「おう、久しぶり」

兄ちゃん。

二方将一《ふたかたまさかず》。でも今は、俳優の二方一《はじめ》。

もともと兄ちゃんはイケメンだったんだけど、最近はなんか精悍《せいかん》さが増した。眼の輝きが以前とは違うし、身体つきもどことなくシャープになった。きっと俳優になって、人に観られるようになったからだと思うんだ。

「元気だったか」

「元気元気」

部屋に入ったら、まだチェックインしたばかりで荷物を片づけていた美智《みち》さんも微笑《ほほえ》んでこっちを見ていた。

「将二くん、久しぶり」

「どうもお久しぶりです」

そういえばこのホテルで会うのはあの日以来だ。偶然、本当に偶然レストランにやってきた池野《いけの》美智さん。

「言ってくれればスイートだって押さえたのに」

そう言ったら、兄ちゃんが笑った。

「そんなのは分不相応《ぶんふそうおう》だよ。これぐらいがちょうどいいんだ。この部屋だってそこそこ高いんだから」

「そうよ。こんな景色のいい部屋に泊まるのなんて初めてで、嬉《うれ》しくってさっきからずっと外を観てるの」

「確かにそうだけど」

地上三十五階の眺めは本当にいい。すぐ近くの下の方には東京駅の特徴的な丸いドームも見える。

確かにこの部屋に気軽に泊まれることだって、贅沢《ぜいたく》といえば贅沢。

「コーヒー飲むだろ？　頼んでおいた」

「あ、サンキュ」

ルームサービスのコーヒーが置いてあった。

「さっき持ってきた人が、伝票のサインも求められなかったけれどサービスなんかしなくていいからな。ちゃんと付けておけよ」

「わかった」

もちろん、予約の電話が入った段階で皆がわかった。僕の兄である二方一がここに泊まるって。

今日は美智さんの誕生日なんだ。

でも、兄ちゃんはドラマの撮影に入っている最中で身体を空《あ》けられない。

美智さんも仕事がかなり忙しい。

どこにも行けないし何にもできないけれど、夜は一緒にいられるからどこかで美味《おい》しいご飯を食べようって話になったときに、そういえば僕の働くホテルにはまだ泊まったことなかったからって、じゃあここに泊まってディナーを食べることにしたらしい。

今、レストラン〈蒼天《そうてん》〉でやっているのは北海道の食のフェアだ。僕が北海道中を走り回って味わった食材や料理を、うちのシェフたちが腕によりをかけたメニューばかり。

うちとしても人気急上昇している俳優の〈二方一〉に泊まってもらうっていうのはもう大歓迎だった。もちろん、美智さんと一緒なんていうのを表に出すはずもない。

でも、そろそろ結婚してしまった方がお互いに楽だと思うんだけど。

ここのツインの部屋には二人がゆったり座れるソファと、もちろんテーブルもある。兄ちゃんたちにソファを譲って、僕はデスクの椅子《いす》を持ってきて座った。

「あ」

「何だ」

「いや、この椅子のクッションがへたってきてるなって」

あぁ、って笑った。

「そういうのはすぐに対処できるのか」

「備品に関しては予備が多少はあるけれど、家具は無理なんだ。次の予算編成まで待たないと」

「じゃあ、お客様からもし苦情が来たらどうするの？　その椅子」

「空いている部屋を駆《か》けずり回って少しはマシな椅子を持ってくるか、どうしてもダメだったらレンタルを探す」

大変だな、って頷《うなず》く。そういうものなんだ。こんな立派なホテルでも潤沢《じゅんたく》な予算があるわけじゃないし、すべての家具や備品の予備があるわけでもない。

「撮影中でもゆっくりできるの？」

訊《き》いたら、兄ちゃんが腕時計をちらっと見た。

そう、そういう仕草ひとつが前とは全然違うって感じる。どこがどうって言うのは説明できないんだけど、様になっているんだ。

「八時ぐらいまではね。今日は夜の撮影なんだ」

「え、じゃあ泊まるって」

「帰ってくるよ。うまく進めば今日中には戻って明日は昼までゆっくりできる」

「じゃあ」

今は四時過ぎだ。

「少し早めにディナーできるようにする？　五時からとか。その方がゆっくりできるんじゃないの？」

「いいのか？」

「それぐらいは何ともないよ。待ってて」

部屋の電話を使って、レストランに連絡する。

（はい、二方様。レストラン〈蒼天〉予約係でございます）

大田《おおた》さんだな。ちょっと笑った。向こうは客室からの電話なので素直にチェックインしているお客様の〈二方様〉って言ったんだけど、僕も二方だから。

「二方だけど、同僚の弟の方です」

（あら、どうも）

二人で笑い合ってしまった。

「兄のディナータイムを十七時からにしたいんです。お願いできますか」

（はい、了解です。大丈夫ですよ。お待ちしていますとお伝えください）

「了解です」

兄ちゃんの方を向いて頷きながら電話を切った。

「お前はこれから仕事だって？」

フロントで聞いたんだな。僕がもうすぐシフトに入るって。

「そう。この後、打ち合わせなんだ」

「何の打ち合わせ？」

「次のレストランのメニューの撮影とか、ロケハンとかの」

「ロケハン？」

そうだった。もうそういう単語にも馴染《なじ》んだんだよね。

「ほら、ずっと日本各地のご当地もののメニューをやっているからね。今度は金沢《かなざわ》を中心に北陸なんだ。メニューと一緒に向こうの風景やなんかの写真も撮るんだよ。それはウェブにも使うしメニューにも使う」

「あ、じゃあ将二《しょうじ》くんがカメラマンさんと一緒に向こうに行って？」

「そうそう」

その辺は僕が担当。

「何だかすっかりレストランのホールからは離れちゃったんだな」

「そうだね。しばらくはこんな感じが続くと思う。兄ちゃんたちの結婚はどうするの？　母《かあ》さんもいつするんだろうね、って気にしていたよ」

うん、って二人で顔を見合わせて微笑んだ。

「今度、ほら十一《じゅういち》さんの結婚のお披露目《ひろめ》が〈国道食堂〉であるだろう」

「そうだね」

「それが終わって、そして今やってるドラマの撮影もその頃《ころ》には終わるから、まずはそこで入籍だけしようと思っているんだ」

入籍だけ？

「結婚式はしないの？」

「〈国道食堂〉でしたいと思ってる」

「あ、そうなんだ」

二人して、大きく頷いた。

「あそこで十一さんと再会しなかったら、そこで一人芝居をしなかったら、僕らも再会できなかった」

そうだと思う。まさしく、運命の再会だったと思うんだ。

「思い出の場所になるんだもんね。あ、そうか。それならちゃんと下準備を綿密にしないとならないから、少し時間を置いて、か」

そういうこと、って兄ちゃんが頷いた。

「何せこっちから大勢行くだけでも大変だし、向こうの営業にもご迷惑を掛けちゃうからね。十一さんともじっくり話し合っていつがいいかを決めるよ」

そういうことか。

「じゃあ僕もまた〈国道食堂〉に行けるね」

「そう、それでなんだけどな将二。お前まだ東京の部屋を決めてないだろう?」

「うん」

この間まで一年間全国を走り回っていたから、東京の部屋は引き払ったままで、まだ決めていない。東京に戻ってきたら実家に泊まったりホテルに泊まったりの毎日。

うちの場合は中庭に面した景色のよろしくない部屋が、宿泊しなきゃならなくなったときのための、従業員用の部屋になっている。

「どうだ、お前が結婚を決めたりするまで、俺《おれ》たちと一緒に住まないか？」

うん？

「兄ちゃんと？」

「そう」

「え、それは美智さんとも、ってこと？　新婚さんの新居に僕が？」

「そういうこと」

それはいくら弟でもどうなんだ。

「新居は確かに用意しているんだけど、俺は撮影で留守にすることが多いし、美智も実はしばらくの間は海外を行ったり来たりなんだ」

「海外」

美智さんが、こくん、って頷いた。

「元々私は海外渉外の担当だから。ここ二年ぐらいはアジアが多かったんだけどまたヨーロッパ中心になるの。だから、せっかく二人の新居を用意しても一ヶ月以上二人ともいない、ってことにもなってしまうのよ」

なるほど。

「僕が住めば留守番になる」

「そう。しかも家賃も取れるし俺と二人のときにはご飯も作ってくれる。母さんも遊びに来やすいし、いいことずくめじゃないかと」

　確かに。

「兄ちゃんは何でもできるけど、料理は僕の方が上手《うま》いからね」

「そういうこと」

「兄ちゃんの浮気防止にもなる、と」

　三人で笑った。兄ちゃんは絶対にそんなことしないだろうけど。

「お前はまだしばらくは結婚の予定はないんだよな？」

「残念ながら」

　彼女もできていない。

「兄ちゃんたちがいいなら、いいよ。そうさせてもらう」

☆

　制服に着替えて、コーヒーショップに向かった。十七時五分前。そろそろ兄ちゃんたちもレストランに入った頃。

「おはようございます」

「おはよう」

ロビーで垣下《かきしも》さんが待っていた。二つ下の後輩。

「もうお見えです」

「了解です」

本当にささいなことだけれど、約束の時間の五分前にもう着いているというのは、仕事をする社会人としてとても大事なことだと思う。初めて会うときにそうしてくれたのなら、それだけでももう信用度が上がるんだ。

何よりも、そういう姿勢で仕事に向き合っていることがわかるから、安心できる。

「あちらです」

コーヒーラウンジのいちばん隅に女性の姿。カメラマンさんだけれど、フォトグラファーって呼んだ方がいいんだろうな。

「お待たせしました。御足労《ごそくろう》いただきましてありがとうございます」

「こちらこそ、ご依頼いただきありがとうございます」

名刺の交換。

「フォトグラファーの高幡《たかはた》です」

「企画課の二方です。これで〈ふたかた〉と読みます」

「同じく、垣下です」

どうぞよろしくお願いします、と頭を下げたところで席についた。高幡さんは、僕の名前を聞いたときに少し反応した。

最近はいつもそうなんだ。兄ちゃんのせいで、っていうのは変だけど、この変わった名字が広まってしまってよく訊かれるんだ。

『あの俳優の二方さんとはご親戚《しんせき》ですか？』って。

それを利用したいときには実はそうなんです、って弟であることは隠してそう答える。隠しておいた方が良さそうな相手のときにはいや全然関係ないんですよってごまかす。

高幡さんは少し反応したけど、何も言わなかった。

「早速なんですが高幡さん。今回の撮影はできるだけ短い期間で金沢を中心にけっこうハードに回ることになります」

「はい、承知しています」

「撮影する対象も、風景から人物、物撮《ぶつど》りと多岐《たき》に亘《わた》ります。機材関係はすべて高幡さんの方でご用意いただくことになりますし、車も自分で運転していただきます。こちらからそう言うのは何ですが、けっこうキツイ依頼になってしまいましたが、大丈夫でしょうか」

　こくん、って高幡さんが頷いた。

「大丈夫です。これ以上キツイ仕事だってたくさんあります。むしろ全て任せていただけるので楽になるぐらいです」

「そう言っていただけるとこちらも助かります。撮影スケジュールを一応こちらで組んでみたんですが、撮影に要する時間などはもちろん高幡さんの方が詳細《しょうさい》に把握《はあく》しているでしょうから、こちらを見ていただいて、見直しするところがあれば今日のうちに修正したいのです」

「はい、拝見しますね」

　すぐにスケジュール表に眼を落として、真剣な顔つきになる。唇が動いているのは、読むときにそうなってしまう人なんだね。

　年上なのに失礼だけど、ちょっと可愛《かわい》らしく思えた。

「撮影中、ご同行いただけるのは、二方さんと垣下さんお二人ですよね？」

「そうです」

「車もそちらで、ですか」

「その予定です」

スケジュール表を見ながら、少し顔を顰《しか》めた。

「やはりかなりスケジュールがきついようなので、もしよろしければですけれど、私の車には機材を全部積んでもお二人とも乗れます。一台で動いた方が何かあったときにも対処しやすいと思うのですがいかがでしょうか」

うん、そうだと思っていた。

「高幡さんがよろしければこちらで提案するつもりでした。こちらの車ではなく、高幡さんの車の方がいいですか？」

「慣れていますから。機材もきちんと積み込めるようにしてありますので」

「では、ガソリン代はすべて現金でこちら持ちでやるようにします。何か車関係のトラブルがあったときもこちらの保険で対処できるように手配します。あとで車種やナンバーなど確認させてください」

「ありがとうございます」

うん、この人は、フォトグラファーとしての腕だけじゃなくて仕事もできる人だ。紹介してもらって良かったと思う。

「宿泊はこちらで手配しますけど、高幡さん煙草《たばこ》は吸われますか？」

「いえ、吸いません。良かったら部屋も垣下さん私と一緒でいいですよ？　その方が予算節約できますよね。お嫌じゃなければ」

「大丈夫です。ありがとうございます」

二人で笑った。垣下さんは明るい子だし、大丈夫だと思う。

日程の調整、走るルートの見直し、ギャランティの確認。トラブルがあったときの対処法、などなど。

撮影という一種類の仕事でも確認しなきゃならないことは山ほどある。それを全部決めておかないと、後で何かあったときにとんでもないことになってしまう。

仕事って、一度そういうトラブルみたいなことを経験しないと、痛い目に遭わないとわからないことってあると思う。遭わない方がいいのはあたりまえなんだけど。

全部確認し終わって、一口コーヒーを飲んで後は雑談でもして帰るだけってなったときに、高幡さんの表情が少し変わった。

何か、言い淀《よど》んでいるように。

「あの、二方さん」

「はい」

「決して興味本位とか好奇心とかではなく、お尋《たず》ねしたいんですが」

「何でしょう」

「二方さんは、俳優の二方一さんの弟さんではないでしょうか」

少し驚いた。

ピンポイントで〈弟〉ではないかと言ってきた人は初めてだ。そして、その表情や態度から高幡さんが本当に興味本位だけじゃないことが理解できたので、頷いた。

「実は、そうなんです。何故《なぜ》弟だとわかりました？」

「顔の作りがよく似ていましたし、年齢が若いのでそうじゃないかと」

フォトグラファーの眼なんだろうか。

「それに、実は二方一さんには弟さんがいることは、聞いたことがあるんです」

家族のことは兄ちゃんは公表していない。

「どなたから聞いたんですか」

「〈国道食堂〉の従業員の方です。ご存知でしょうか。賀川《かがわ》ふさ子さんというおばあちゃんなんですけど」

ふさ子さん。

「それでは、高幡さんは〈国道食堂〉に行ったことがあるんですね」

こくん、と頷いた。それは偶然ですねって笑おうとしたんだけど、止《や》めた。高幡さんの様子は、偶然を喜ぶようなものじゃない。

「二方さんは〈国道食堂〉の本橋《もとはし》十一さんのこともご存知なんですよね」

「もちろんです」

「十一さん、もうすぐご結婚ですよね？　お披露目をお店でされますよね」

それも知っているんだ高幡さん。

「私、十一さんにお伝えしなきゃならないんじゃないかと思うことを知っているんです。でも、それは本当に伝えた方がいいのかどうか、どうしようか迷っていたんですけれど」

結婚を祝うような雰囲気《ふんいき》じゃない。

「何か、結婚に関するトラブルとかそういう類《たぐ》いのものなんですか？」

少しだけ首を捻《ひね》った。

「たぶん、トラブルの種のようなことです。大きな」

そうか、垣下さんがいるから具体的に言わないようにしているのか。

「待ってください。実は、兄が今、ここに来ているんです」

「お兄さんが？」

「僕は行けないんですけど、兄は、結婚式に行きます。それに十一さんといちばん親しいのは兄です。兄に直接話してみた方がいいと思います」

2nd season

二方一（将二）　三十四歳　俳優

個室の窓からはスカイツリーがよく見えていたんだ。きっとカメラマンなら絶対に押さえておきたくなるぐらいの感じで。

将二からＬＩＮＥが入ったのは、ちょうどデザートに入る頃。

【食事は終わった？】って書いてあったから、【終わったぞ】って。【お前も仕事が終わったのなら、こっちに来ないか】って返信したら、【ちょっと話がある】って。

将二と一緒にやってきた女性がいた。てっきり恋人かなんかかと思って紹介してもらえるのかと思ったら、違った。

高幡しずかさん。

フォトグラファー。

とても快活な感じの人で、仕事もできそうな雰囲気の女性。初めましてと挨拶《あいさつ》して、〈国道食堂〉にも行って撮影したことがあるって聞いたときに、思い出した。

「ひょっとして、店の屋根にロープで上《のぼ》っていって撮影した方ですか？」

「あ、はい、そうです。お聞きでしたか？」

「言ってましたよ十一さん」

すげぇ女性カメラマンが撮影しに来たって話していた。

「じゃあ、それが高幡さんだったんですね」

身元がはっきりして良かった。もちろん将二のところで仕事を依頼する人だからちゃんとした人なんだろうけど、カメラマンと名のつく商売をしている人には敏感《びんかん》になるようにと事務所から言われている。

「どこから話せばいいのか、ずっと考えているんですけれど」

まず、自分はカメラマンなので、あらゆるところと仕事をする、と。その中には印刷会社も入っていると。

「日番《にちばん》印刷という大きな印刷会社です。そこのカレンダーの風景写真などを撮る仕事もしていました。ここ五年ほどずっとです。つまり、手放したくない、大事なクライアントです」

理解できる、と頷いた。僕自身フリーという立場になってまだ一年少ししか経《た》っていない新参者だけれど、フリーのカメラマンにとって大手のクライアントがどれだけ大事かは、わかる。

「直接の担当ではありませんが、そこに小菅智男《こすがともお》さんという部長がいました。どこか近づきがたい何かを秘めているような感じはありましたが、仕事はできる有能な人です」

その名前を、どこかで聞いたような気がした。

「その人に、ある日突然頼まれたことがありました」

高幡さんは自分のライフワークとして、働く女性の肖像写真を撮っている。それも、日本全国を回りながら。

「あ、それも聞いたような気がします。みさ子さんとふさ子さんから」

そうだ、言っていた。高幡さんが、少し笑みを見せた。

「今度、間違いなくお邪魔して写真を撮ってきます」

高幡さんは、その小菅部長から奇妙な依頼を受けた。別れた妻を見かけたら、写真を撮ってほしいと。そしてどこにいたかを教えてほしいと。

「その奥さんは、小菅部長のＤＶから逃げて離婚したのです」

ＤＶ。

離婚。

「あ」

それは。

「高幡さん。その元奥さんとは、加藤和美《かとうかずみ》さんなんじゃないですか？　今度、十一さんと結婚する」

将二も、美智も驚いたように眼を見開いた。高幡さんは、苦しそうに顔を顰《しか》めた。

「そうなんです。そして私は〈国道食堂〉に行ったときに、本当に偶然、加藤和美さんと会ってしまったんです」

そんな偶然が。

「じゃあ」

高幡さんは、首を横に振った。

「私はその後、依頼を断りました。ギャラも返しました。もちろん、加藤和美さんを見つけたとは一言も言いませんでした。でも、そのときに小菅部長は言ったんです。『必要なくなったから気に病《や》んだりすることはまったくない。仮にこの先に見かけたとしても僕に報告しなくていい。無視していい。忘れていいんだ』と」

「必要なくなった？」

将二とも美智とも顔を見合わせた。

「その言葉の意味は？」

「訊いても、答えませんでした。とにかく、もういいんだと。でもその後私はこれも偶然ですが、トラックドライバーをしている小菅さんの妹さんと出会ったんです。彼女の写真を撮るのに。そこで、初めて結婚式が近いことを知りました」

妹さんがトラックドライバー。

「あ、それもわかりました。和美さんが言っていました。義理の妹だった人に会ったと」

「そうです。気になりました。小菅部長が必要なくなったと言ったのは、加藤和美さんの結婚式が〈国道食堂〉であることを知ったからではないかと」

「そうか」

その可能性もあるか。

「では、どこで知ったのか？　可能性があるのは会社しかないと思い、まさかと思って日番印刷の制作室にいる知り合いに確認しました。ここで、結婚式の式次第とかそういうものを作っていないかと。そうしたら」

「あったんですか!?」

将二が勢い込んで訊いた。

「あったんです。十一さんと加藤和美さんの結婚はお披露目だけで、本来そこで結婚式をするのは久田亜由《ひさだあゆ》さんと篠塚洋人《しのづかひろと》さんというお二人なんですね？」

「そうです」

もちろん、僕は知っている。

「そのお二人の同僚が、結婚式のパンフレットを、皆のなれそめや写真などを載せたものを作るのを日番印刷にいたデザイナーさんに頼んだんです。もちろん、そんなことはまったく知らないで」

思わず、おでこを叩《たた》きそうになった。

何て偶然なんだ。

「じゃあ、そのパンフレットを見て、小菅部長は捜していた自分の別れた妻が結婚することを知った。しかも、お披露目の場所と日時まで」

「だから、高幡さんへの依頼はもういい、と。必要ないと」

美智と将二が言って、高幡さんは頷きながら苦渋《くじゅう》の表情を浮かべた。

「それを知ったのは二日前です。これは、どうしたらいいのだろうと悩みました。さっさと十一さんにお知らせするべきか、でもまったくの部外者である私がそんなふうにしていいものか。そもそも何も起こらないかもしれないのに、幸せなお二人の佳《よ》き日に影を落としていいものか」

「わかります」

美智が言う。そっと高幡さんの腕に触《ふ》れた。

「悩みますよね」

「それで、今日あなたはたまたま将二と打ち合わせすることになって、将二が僕の弟だと知って」

はい、と、頷いた。その眼が少し潤《うる》んでいた。

高幡さんには何の過失もない。責任もない。罪のような意識を感じる必要は一ミリもないんだ。

「確かにこれは、悩むね」

将二が言う。

「けれど、その小菅部長は間違いなく何かの思いを秘めているんだよ。高幡さんに依頼したことがその証拠だよ」

「そうだな」

何をする気なのか。

「本当に、本当に二百パーセントぐらい善《よ》い方向に解釈するのなら、傷つけた元妻が幸せな結婚をすることを知って、安心しただけかもしれない」

言ったら、将二は顔を顰めた。

「仏様でもそこまで善い解釈はしないだろうけど、可能性はゼロではないね」

「でも、小菅部長が十一さんの結婚披露に現れる可能性もゼロではないわね」

美智が言う。その通りだ。

「わかった。じゃあ高幡さん。この件に関しては、僕から十一さんに電話しておくから安心してください。事情は全部僕からきちんと説明しておきます」

高幡さんが、静かに頷いた。

「ご迷惑をお掛けするようなことになってしまって、申し訳ありません」

「あなたが気に病むようなことはまったくないです。安心してください。あ、それで高幡さん」

「はい」

ひとつだけお願いだ。

「小菅智男さんの写真って、ありますか？」

「あ、それはないですね」

「じゃあ、撮れますか？　誰が見てもすぐわかるようなハッキリした最高の顔写真。向こうにバレないように。盗撮ってことになっちゃいますけど」

「撮れます」

いくらでも、って眼を輝かせた。

「じゃあ、すぐにでも撮って僕にデータで送ってください」

何事もなければ、それでいい。

でも、何かあったときのために、準備しておくのに越したことはない。

2nd
season

本橋十一

五十八歳〈国道食堂〉店主（元プロレスラー）

結婚式の日だ。

篠ちゃん、篠塚洋人《しのづかひろと》と、亜由《あゆ》ちゃん、久田《ひさだ》亜由の結婚式。

ついでと言ったら怒られちまうが、俺《おれ》と和美《かずみ》さんの結婚お披露目《ひろめ》の日。

親父《おやじ》とおふくろの代から随分《ずいぶん》長い間ここで店をやっているが、店で結婚式を挙《あ》げるのなんて、本当に初めてのことだ。それも披露宴《ひろうえん》だけじゃなくて、式もここでやるっていうのは。

雇《やと》われ神父さんも驚いていたって話だよな。式場もしくは教会以外で、しかもプロレスのリングの上で宣誓《せんせい》をさせるのなんてのは生まれて初めてで、おそらくこれからもないでしょうって苦笑いしていたってな。よく引き受けてくれたもんだよ本物の神父さんがな。

良かったよ。いやまぁこれからが本番なんだが、篠ちゃんと亜由ちゃんが本当に喜んでくれる結婚式の準備ができてさ。

それもこれもいろいろと仕切ってくれた美智《みち》さんのお陰だな。忙しいのにわざわざ来てくれる二方《ふたかた》と二人合わせて本当にもう頭が上がらないぜ。

もっともあの二人にしてみると、自分たちの結婚式の下準備にちょうどいい感じになったんだけどな。お互い様って感じか。

一応貸し切りになっちまうんだが、そもそもがうちはただの食堂だ。ドライブインだ。きちんと三週間も前から入り口に張り紙しておいたし、常連やら来た連中には声を掛けておいたけれども、まさか店全部が貸し切りなんてことがあるとは思わずにやってくるドライバー連中もいるだろう。

しかもそういう連中にとって道中予定通りに飯が食えるか食えないかは切実《せつじつ》な問題だ。うちで飯が食えないがために予定が狂ってしまって、いろいろと不味《まず》い事態になっちまったとしたら、そりゃあ困る。

だから、店は開《あ》ける。

ただし、メニューは絞って外にタープ張っていくつかテーブル置いて。普通のお客さんは式が終わるまではそこで飯を食ってもらう。

だから、晴れて良かった。

「本当に晴れて良かったよねぇ」

金《きん》さんが朝風呂《あさぶろ》を浴《あ》びてから、外に出てきた。

「まったくだ」

「二人には最高の門出《かどで》の日になったねぇ」

「本当にだ」

「二人って、十一くんと和美さんにとってもだからねぇ」

「あ、そうだね」

まぁもともとこの辺《へん》って、雨が少ないんだよな。

いや少なくはないな。山と川の微妙な配置の風の流れのせいなんだろうな。川を挟《はさ》んで山のあっちとこっちでは雨だったり曇っていたりするのに、錦織《にしきおり》のこの辺《あた》りだけは晴れてる、なんて日が多いんだ。

今日だって山向こうは小雨だもんな。なのに、こっちはこのピーカン。

トラックドライバーがこの国道五一七号線を好んで通るってのも、その気候のせいもあるんだって話だよ。雨が降ることが少ないから、確実に走りやすいんだってな。重たい荷物を運んでいる連中にとっては、雨ってのは本当に厄介《やっかい》なものだって言うからな。

そういうのも含めて、本当にこの辺はいいところなんだよ。まぁ交通の便は悪いし買い物するのには確かに不便だけどな。

山があって川があって気候も良くて畑や田《た》んぼでは実りも多い。のんびり静かに暮らすのには本当にいいところだ。だからこそ、錦織の集落が大昔からあるんだろうって思うぜ。その昔にこの辺を治《おさ》めていたのがどこの誰《だれ》なのかってのも、実はほとんどわかんないらしいんだけどな。

年取らなきゃこの良さはわかんないいんだろうけど、俺もその良さがわかってきたってことは、本当に年を取ったってことだろうけどな。

「まぁでも、本当に年寄りになるとさぁ。もう少し刺激があった方がいいけどねぇ」

「あ、そう？」

そうだねぇ、って金さんが、もう外に出しておいたテーブルの椅子《いす》に腰掛けて、煙草《たばこ》吹かして頷《うなず》いた。

「あと二十年もしたらきっとそう思うよぉ」

刺激か。そうかいよいよ年取ってきたらそういうのも必要か。

「え、金さんの刺激はなんだい。そんなに元気な秘訣《ひけつ》ってやつは」

「そりゃあ僕は朝風呂と仕事だね」

「仕事かぁ」

そうだよぉ、ってにっこり笑う。

「僕もみさ子もふさ子も、こんなに元気なのはこの食堂があって、仕事があるからだよぉ。十一くんには僕らがぽっくり逝《い》くまで、頑張《がんば》って食堂の主《あるじ》をやってもらわなきゃねぇ」

そうか。元気の秘訣は仕事か。

「そりゃあ俺も頑張らなきゃならないな」

金さんもみさ子さんもふさ子さんも、まだまだずっと元気でいてもらわなきゃ困るからな。

「お」

「あぁ、来たねぇ」

白いワンボックスと黒の軽が一緒に駐車場に入ってきた。あれは結婚式のお客さんじゃない。ワンボックスから降りてきたのは、きちんと黒いスーツに白いネクタイのガタイのいい男達が三人。

「十一さん！」

マッコイこと、松田恋《まつだこい》。そして菅田真次《すがたしんじ》と一色史郎《いっしきしろう》。全員、元プロレスラーだ。いや菅田と一色はまだ現役だな。元なんて言っちゃ悪いな。

「久しぶりだな」

「来ましたよぉ」

身体《からだ》ぶつけあって、笑う。俺たちプロレスラーは身体で会話するって感じだからな。お互いの身体をぶつけあえば、調子がいいかどうかもわかるってもんだ。

「それで？　奥さんは？　早く会わせてくれよそのために来たみたいなもんだからさ」

「もう少ししたら来るよ」

黒の軽で来たのはミュージシャンでライブハウスやってる見村《みむら》さんだ。

「どうも見村さん。こいつらと一緒だったんですか？」

「いや、たまたま高速のサービスエリアでね、車が横に並んだんですよ。どう見てもプロレスラーの人たちだからひょっとしたらって思って」

「声掛けられたら、今日のＰＡの人だってね」

マッコイも頷いて笑った。

「見村さん、もう中のスタンバイはできてるぜ。空《そら》がきっちりやったから」

「ちょうどいいですね。このまま皆さんに説明しますよ。中でセッティングしちゃいましょう」

追加で見村さんにお願いしてあったものが、あるんだよな。

いつもは四人掛けや二人掛けのテーブルが並んでいる店の中だけど、今日だけは特別仕様だ。

美智さんが考えてくれたんだ。

普通の結婚式の披露宴とかだと、丸テーブルに何人かが座るような配置になるけれど、丸テーブルを用意するだけで余計な予算が掛かっちまう。ただでさえ、ここまで来るのに交通費が掛かるんだから、なるべく予算は抑《おさ》えた方がいい。

だから、テーブルを真《ま》っ直《す》ぐに並べるスタイルだ。元々この店は縦に長いから、まるでイギリスとかあっちの映画に出てくるような感じだよな。くっつけて長くしたテーブルに白いテーブルクロスが掛かっていて、そこに花も並んでいる。雰囲気《ふんいき》を出すために燭台《しょくだい》も用意したんだが、これは全部アンティークだそうだ。商社である美智さんの会社の倉庫に眠っていたもので、全部無料貸し出し。

列を二列にして、一列は新郎側、もう一列は新婦側。真ん中には緋毛氈《ひもうせん》、レッドカーペットを敷《し》いて、バージンロード代わりだ。

ここを歩いて、新郎新婦はリングの上に上っていって、永遠の愛を誓《ちか》う。ロープを開くのはもちろん今日来てもらった菅田と一色だ。レスラーの身体がなけりゃあのロープは開けないからな。

「いいですねぇ」

見村さんが嬉《うれ》しそうに言った。

「本格的なクラシカルな西洋式のテーブルセッティングの向こうにリングですからね。こりゃあ絵的にも最高ですよ。撮《と》るのが楽しみだ」

「リングのロープやコーナーポストも新調したんだぜ」

コーナーポストの色はいつもの赤と青じゃなくて、結婚式仕様でゴールドとシルバーだ。

「派手だな。プロレスの本番でも使えそうだぜ」

マッコイが嬉しそうに言う。

「それで、皆さんにはこれです」

見村さんが黒い箱を出してきた。

「ワイヤレスのイヤホンとマイク。本物のSPだって使える本格仕様ですよ。皆さんに付けてもらってチェックしましょう」

マッコイたちには、実は俺のファンが結婚お披露目を聞きつけてやってきたときのためのガードマンをお願いしていた。

それだけだったら、こんなものは必要なかったんだ。

念のためとはいっても、来てくれるとしたら俺のファンなんだ。騒いだりなんかしても本物のレスラーのマッコイたちがお願いしたら、喜んで言うことを聞いてくれる。

ところが、二方から電話があった。

「厄介だよな」

マッコイがイヤホンを耳に付けながら言った。

「奥さんの前の旦那《だんな》がＤＶ野郎なんてな」

「しかも結婚のお披露目に押し掛けるかもしれないなんてね。とんでもない野郎ですよね」

菅田が言って、一色も頷く。

「まぁ来るかどうかもわからんけど、準備はしておかなきゃな」

そのための、イヤホンとマイクだ。

「ちゃんとしたお客様に、迷惑と心配を掛けないためにね。これなら小声で会話してもお互いにはっきり聞こえるから大丈夫ですよ。チェックしましょう。マッコイさんと菅田さんと一色さん、外に出てそれぞれ駐車場の端《はし》っこまで行って、会話してください。全員の会話が全員に聞こえます」

「よし」

張り切って三人が走って店を出て行った。

（こちらマッコイ。聞こえるか？）

はっきり俺のイヤホンから聞こえてきた。

「バッチリだ」

（菅田です。道路まで来ましたよ）

「聞こえるぜ」

（一色。反対側です。完璧《かんぺき》に聞こえますね）

（これは俺たちと、後は誰が付けるんだ？）

マッコイが訊《き》いてきた。

「見村さんと、後は俳優の二方一《はじめ》が来るからな。あいつにも付けてもらう」

そもそも二方がこれを言い出したんだ。

そういう準備をした方がいいってな。

「大丈夫ですね」

見村さんだ。

「電池は一日中もちますからそのまま付けておいて大丈夫です。あとは本番を待つばかりですよ」

式は、十二時から。

一時間も掛からないで終わって、その後に皆がお腹《なか》が空《す》いた頃《ころ》にそのまま披露宴だ。何せ食堂だからな。コース料理なんか出せないけど、いつものように和洋中取り混ぜての料理をたっぷり用意して、皆で取り分けて食べてもらうスタイルだ。いつもは店では出さないビールやワインもたくさん用意した。

篠ちゃんと亜由ちゃんは、十時にはもう店に来て、二階の部屋が更衣室と控室だ。

「こうして考えると、結婚式場としても充分《じゅうぶん》使えますよね」

二方が言う。さっき来て黒のタキシードに着替えてきたんだけど、憎たらしいぐらいに似合うんだこれが。

まるでハリウッドのレッドカーペットに立った俳優みたいだぜ。いや実際俳優なんだがな。

「温泉にも入れるしね。ここの温泉とてもお肌にいいんですよ。亜由ちゃん、さっと入ってからお化粧したんですけど、もうお肌つるつるです」

シンプルなドレス姿の美智さんが大きく頷きながら言った。今日のMCを買って出てくれた。本当になんでもできる才女だよな美智さんは。

「そうなんだよ」

「それでですね。みさ子さんもふさ子さんもお肌がきれいなのは」

まったくそうなんだ。俺もよく肌つやがいいって言われるからな。

（十一。バスが来たぜ。篠塚家の皆さんだな）

マッコイの声がイヤホンに入る。

「了解」

駐車場にはマッコイと菅田と一色が散って車の誘導もしてくれている。

「仲間の皆さん、こういうのに慣れてますよね」

二方が外を見ながら言った。

「昔っから巡業とか行くと、皆でこういうことをやってきたからな。イベントとかは実際お手の物だよ」

身体が大きくて強面《こわもて》の連中も多いが、実は愛想《あいそ》もいいしお客さん相手の客商売には向いている連中も多いんだ。

「はい、どうぞこちらです」

受付は篠ちゃんと亜由ちゃん二人の式の発起人の皆さん。

そして会場の誘導は空と美也《みや》ちゃんがやってくれている。そのままホールでウエイターとウエイトレスもする。二人ともきちんとしたスーツやワンピースを着ると、なかなかイケメンと美少女でいい感じなんだ。

「これで揃《そろ》った感じかな」

「そうだな」

両家の皆さんはもう全員揃っている。俺の結婚お披露目を目当てに来た常連さんの姿ももうちらほらとあるが、席はないので表で待ってもらっている。

「そろそろ、準備しますね」

「頼むな」

ＭＣをする美智さんが向こうに歩いて行ったときだ。

イヤホンに入ってきた。

(十一さん。あいつが来たぜ)

マッコイの声。

同じイヤホンを付けている二方の表情も変わった。

「来たのか？　小菅《こすが》さんか？」

(間違いないな。貰《もら》った写真の男だよ。トヨタのプリウスに乗ってきた。小菅智男《ともお》さんだよ)

(菅田も確認)

(一色も確認しました)

来たのか。

本当に。

「どんな格好《かっこう》をしているんだ？　見えるか？」

（まだ車の中だけど黒のスーツだな。白いネクタイしてる。ちゃんとした結婚式に列席する格好をしているぜ）

（でも、こいつは結婚式の招待状は持ってないんだよね？）

一色が言う。持っていない。いるはずがないが。

「実はな、結婚式の招待状もそいつがいる印刷会社の人間が作ってるんだ。だから、手に入れようと思えば入れられる可能性があるんだよな」

（マジすか）

（どうする？　まだ車から降りてきていない。このまま追い返すか？）

マッコイが言う。

「十一さん、ちゃんとした格好をしてきているってことは、招待状を手に入れた可能性が高いってことですね」

二方が言う。

「かもしれないな。それにしたって、式の名簿に名前がないんだから、追い返すのは簡単だ」

「けれども、それがわからないほどバカな男だとは思えないですよね。小菅さんを知ってる人は皆、仕事はできる男だと」

確かにそうだ。それは皆が言ってた。

それなのに、来た。

ちゃんとした格好をして。

(でもさ、十一さんの結婚お披露目を見に来る近所の人たちなんかには招待状はないんだろう？　誰でも十一さんのお祝いに来たって言えば入れるんだよな？)

菅田が言う。

「そうだ」

そういうことだ。篠ちゃんと亜由ちゃんの披露宴が終わる頃、俺と和美さんの結婚お披露目をするが、そのときには祝いに来てくれた人は誰が入ってもいいことになってる。

もちろん、あきらかに様子のおかしな奴《やつ》は、マッコイや菅田や一色がチェックしてくれるが。

「マッコイ、まだ小菅さんは車の中か？」

(座ってるな。店の方を見ているぞ。どこか緊張している感じだ)

二方が、首を傾《かし》げた。

「追い返した方がいいんじゃないですか。今なら誰にも知られないですよ。和美さんにも」

そうなんだが。

「気になるな」

何をしに来たのか。

何で来たのか。

考えていたら、二方が首を横に振って俺を見た。

「十一さん。小菅さんがもしも、ＤＶをして平気でいるような奴だとしたら、まともな理屈じゃ何をするかなんてわかんないですよ。考えるだけ無駄です。せっかくレスラーの皆さんがいるんだから、力ずくでお引き取り願うのが無難ですよ」

そりゃそうなんだが。

いくらレスラーでも暴力沙汰《ざた》は避けなきゃならない。ましてや相手が一般人だったら、怪我《けが》させちまうとこっちが悪いってことになる。

「二方さ」

「はい」

「出たとこ勝負してみっかな」

「出たとこ勝負？」

　相手の出方がわかんないなら、それしかない。

「プロレスってのもさ、実は筋書きがあるドラマよ。けれどもな、筋書きがあったとしてもドラマはドラマなんだよ。やってみなきゃわかんねぇことが山ほどあって、そこが勝負になっていくんだよ」

　最後の勝ち負けが決まっていることもあった。けれども、戦っていく中でこれは勝たなきゃダメな試合だって感じるときがある。反対に、これは花を持たせなきゃならないってときもある。

（そりゃそうだな）

　マッコイも言う。

「俳優だってそうだろ。台本通りにやったとしても相手がどんなふうに演技をしてくるかがわかんねぇときってないか？　アドリブやってきたりさ」

「ありますね」

「奴が、小菅さんが何をしにきたのかまったくわからないじゃないか。だから、これは現場で勝負しなきゃならないような気がするんだよな。誰のためでもない、俺と和美さんの未来のためにさ」

「勝負ですか」

そんな気がするんだ。

（まぁ、十一さんの言いたいことは何となくわかるけどよ。小菅さんは出てこないな。どうやらこのまま結婚式が終わるのを待つんじゃないか）

（そんな感じだね）

（同感）

二方が、唇を少し歪《ゆが》めた。

「自分には関係のない結婚式にまで乗り込むような真似《まね》はしない、と。まともな神経は持っているようですね」

「そうだな」

「どんな勝負をするつもりです？」

「それもわからねぇし、俺はさっさと和美さんとリングに上がっちまうからな」

「そうですね」

「悪いけど二方さ」

「はい」

「あいつと同じ観客席にいてさ、それでも、何かあったときには俺と同じ舞台に立つ覚悟でいてくれないか」

「同じ舞台に」

二方がそう呟《つぶや》いて、少し考えてから頷いた。

「わかりました。いいですよ」

「皆もな、小菅さんが俺の結婚お披露目のときに入ってきたら、黙って店に入れてくれ。そしていつでも押さえつけられるようにして、見張っていてくれ」

（了解だ）

（了解っす）

（任せといてください）

（何か勝負が始まったら、参戦するから安心しろ）

「頼むな」

本当に、出たとこ勝負だ。

☆

篠ちゃんと、亜由ちゃんの結婚式だ。

いいもんだよな。亜由ちゃんのウエディングドレス姿は本当にきれいだ。篠ちゃんのタキシード姿は、まぁ普通だけどな。

幸せそうな二人を見るだけで、こっちも幸せな気持ちになってくる。

バージンロードを歩いて、久田さんが亜由ちゃんを連れて篠ちゃんにバトンタッチする。神父さんがリングの上で、二人のために宣誓をしてくれる。祝福がある。

いいな。本当にいい。

二人はそのままリング前に置いたテーブルに座って、披露宴の始まりだ。みさ子さん、ふさ子さん、そして俺が腕によりをかけた料理を、金さんと空と美也ちゃんが運ぶ。美智さんと二方も手伝って、出席者の皆さんが俳優の二方がいるもんだから驚いている。

賑《にぎ》やかな、食事の風景。

皆が二人の幸せを祈っている。願っている。祝福している。本当に、いい風景だ。こういうのを観られるんだったら、本当に結婚式の披露宴をどんどん請け負ってもいいかもしれないって思うな。

店は、たぶん開店以来の人数が入っている。篠塚家と久田家のご家族の皆さんと、二人の友人たちと会社の人たち。

それに、そろそろ披露宴が終わるってんで、俺の結婚お披露目のために来てくれた常連客や近所の皆さんだ。

「さて、ご列席の皆様」

ＭＣの美智さんがリング脇《わき》のマイクの前に立って言った。

「ここで、洋人さんと亜由さんが今日の佳《よ》き日を迎え幸せな未来を摑《つか》むきっかけになった方から、一言《ひとこと》ご挨拶《あいさつ》を頂きます。皆様ご存知、ここ〈国道食堂〉の主、本橋十一さんです」

拍手。

指笛。

歓声。

久しぶりだな。自分の名前を呼ばれて、こんなに大勢の拍手や歓声を浴びるってのも。

タキシードを着てレッドカーペットの上を歩いて、自分でロープをまたいでリングに上がった。

「篠塚家、久田家、両家の皆様。本日は本当におめでとうございます。私の店であるこのリングの上で、洋人さんと亜由さんが永遠の誓いをしたことは本当に光栄なことです。二人の未来に幸あれと、私も全力で祈らせてもらいます。そしてこれからもずっと、お二人の誓いの場であるここを守って行く所存であります」

拍手。

いいね。思い出すよ戦いのリングの上をさ。

「若いお二人の幸せな日に、年寄りが余計な邪魔を入れるようで気が引けたのですが、洋人さんと亜由さんがぜひ一緒にやってほしいと言ってくれましたもので、ここで皆様にご報告申し上げます」

シンプルな白いワンピースを着た和美さんが、レッドカーペットを歩いてくる。一色と菅田がロープを開いて、リングに上げる。

「私、本橋十一は、長い独身生活に別れを告げ、本日この和美さんと夫婦になりましたことを、皆様にご報告申し上げます」

音楽。拍手。指笛。歓声。

和美さんは、恥ずかしそうに、けれども本当に嬉しそうに微笑《ほほえ》んでくれた。

「これからは二人三脚。皆さんにますます美味《おい》しいものを届けられるように頑張ります。

遠方から来られた方々もたくさんいらっしゃいますでしょうが、どうぞこれを縁に〈国道食堂〉をよろしくお願いします」

二人で、頭を下げる。

そのときだ。

マッコイの声が入った。

(小菅さんが店に入ってきたぜ。さっきスピーチを玄関先で黙って聞いていた)

来たのか。顔を上げたら、玄関のところに見えた。黒いスーツを着た小菅さんの姿。

和美さんには、さっき言っておいた。

「和美さん。いいかい。リングの脇に立って待っていてくれ」

こくん、と、頷いた。

ゆっくりとリングを降りて行く。

それを見送ってから、どうすっかと思ったけれど、身体が自然に動いた。

タキシードを脱いで、放り投げた。

二方や皆が何をするんだって顔でこっちを見たのがわかる。

「さて皆さん！　洋人さんと亜由さんの祝福に、主である俺からも余興《よきょう》のひとつでもしなきゃならないってんでね。衰え知らずのプロレスラー〈マッド・クッカー〉の姿を披露しますぜ！」

拍手が巻き起こる。いいねいいね。

思いつきだ。そうだ。これをやらなくちゃな。こうしなきゃならないんだよな。

俺は、プロレスラーなんだからよ。

「どうですか？　お客さんの中で、ここに上がって俺と手合わせするって人はいませんか！」

でも、思いついた瞬間にこれはイケるって思ったぜ。こう言えば絶対に上がってくるであろう人が一人いることがわかったからな。

「私が！」

勢い良く手を挙げたのは、予想通り、新婦のお父さんの久田さんだ。

拍手と歓声が上がった。

亜由ちゃんも大喜びしている。

「おお、久田さん。やりますか」

もう俺と同じような年齢とはいっても体育教師だ。しかも若い頃はプロレスラーになりたいと思ったお人だ。すぐに背広を脱いで、ネクタイを外《はず》してワイシャツも脱いだ。うん、いい身体してるぜ。

満面の笑みを浮かべて、リングに上がってきた。

まずは、握手だ。がっちりと握手して、身体をぶつけ合う。

「まさか、本物のリングに上がれる日が来るとは思いませんでした」

「亜由ちゃんに感謝ですね」

「まったくです」

「久田さん、確か柔道やってましたよね。受け身はできますね？」

「もちろんです」

「じゃあ、まずは俺をロープに投げて腰投げで転がしてください。俺はすぐに起き上がって久田さんをロープに飛ばします」

「そして私を腰投げですね」

「その通り」

プロレスは、気を合わせることが大事だ。その点、組んで投げ合う柔道とも親和性が高い。

俺が投げられる。立ち上がって今度は俺が久田さんを投げる。もちろん怪我しないように腰を低くして上手《うま》く回れるようにだ。

久田さんが音を立ててマットに転がる。歓声が上がる。

「じゃあ、次は僕が！」

二方の声だ。

二方が、小菅さんのすぐ隣で声を上げて手も挙げた。小菅さんが驚いて見ていた。小菅さんの近くにはマッコイと菅田がいる。和美さんの隣には、一色がいる。

「二方一！」

叫んだら、すかさず見村さんがスポットライトを二方に当てて、歓声がまた一段と大きく響いた。

ナイスだ、二方。

隣にいる小菅さんにもライトが当たる。

「いや嬉しいけどな。さすがにお前さんを投げてうっかりアザでも作っちまったら、今撮ってるドラマ関係者に怒られるぜ。ちょうどいい、そこの二方の隣にいる背の高いガタイのいい兄さん、どうだい？」

「私が？」

小菅さんの驚いた顔。

本当に、心の底から純粋に驚いている顔だ。そこには何の裏も澱《よど》みも感じられなかった。

「どうだい？　俺の手で文字通りマットに沈められると幸運が舞い込むってもっぱらの評判だぜ。わざわざ来てくれたあんたの未来にも幸多かれと祈りながら、あんたをぶん投げるぜ」

最後だけ、真面目《まじめ》に見つめてみた。

小菅さんが本当にどんな男なんてのは、まったくわからねぇ。とりあえず和美さんと一緒にいた頃には最低の旦那さんだったが。

賭《か》けだ。

何故《なぜ》、ここに来たのか。

小菅さんが、俺をしっかりと見て、頷いた。

「やります！」

「おお！」

歩き出した小菅さんの後ろに、そっとマッコイと菅田がついた。けど、小菅さんはまったく迷いなく歩いてきて、リングに上がってきた。

見つめ合う。

少なくとも、俺の眼にはまともな男に見える。変な光なんか感じねぇ。

「小菅と言います」

「小菅さんね。本橋十一です。どうやります？　さっきみたいに腰投げあたりでぶん投げますか？」

小菅さんが、唇を引き締めて首を横に振った。

「私は〈マッド・クッカー〉をよく知っていました。試合を何度も観ました」

「そうなんですか！」

そりゃびっくりだ。

「あなたの得意技。ブレーンバスターで」

「ブレーンバスター！」

大声で叫ぶと、小菅さんが、大きく頷いた。

歓声がまた大きくなった。

「よぉし！ 大技行きますぜ。ただし、素人《しろうと》さんがまともに受けちゃあ危険な技ですからね。補助付けますから、身体の力を抜いてくださいよ。とにかく、素直な気持ちでただ投げられる！ いいですね！」

「わかりました」

行くぜ。

大技ブレーンバスター。

すぐにマッコイと菅田が上がってきて脇についてくれた。小菅さんがマットに叩《たた》きつけられる直前に受け止めて、頭と背中を打ち付けないようにする補助だ。こうしておけば、思いっきり尻餅《しりもち》をついた程度の衝撃だ。

「行くぜぇ！　皆さんご一緒にぃ！」

掛け声がかかる。

小菅さんの身体を持ち上げる。

宙に浮く。

回転する。

そのまま後ろに放り投げるのを、マッコイと菅田が受け止める。

響くマットに叩きつけられる音。

俺自身、わざと強くマットに倒れ込んで大きな音を出す。

すぐさま起き上がって、寝ころんだままの小菅さんを見下ろす。

小菅さんが、放心したような顔で、眼を真ん丸くしていた。

真ん丸くして、でも、笑い出した。

楽しげに笑っていたので、手を差し出すとがっちりと握ってきたので、引っ張り起こす。

「ありがとうな。付き合ってくれて」

「こちらこそ、ありがとうございました」

汗が噴き出した顔で、小菅さんがそう言った。

2nd
season

黒岩蘭子

三十三歳　トラックドライバー

信じられなかった。

兄が、笑っていた。

リングの上で。

あんな笑顔は、きっとずっとずっと昔、まだ私と兄が小さな子供の頃《ころ》にしか見たことなかったと思う。

素直な、心からの笑顔。

拍手が起こって、司会をやってきたきれいな女の人が式の終わりの言葉を言って、会場にいた皆が立ち上がって帰り出して。

私は、厨房《ちゅうぼう》のすぐ前で見ていたんだ。

しずかさんから連絡を貰《もら》って、ひょっとしたら兄がここに来るかもしれないからって。

心配になって仕事を休んで来た。

何事も起こらなければ、ただ和美《かずみ》さんを祝福して、十一《じゅういち》さんに挨拶《あいさつ》して、それで帰るつもりだった。そうなればいいなって思っていたんだけど、兄がいるのを見つけて。

そして、兄が投げられて。

拍手と、歓声。

笑っていた。リングの上で。

子供みたいな笑顔で。

会場からどんどん人がいなくなる中で、兄が、十一さんとリングの上で何か話していた。そして、リングの下にいる和美さんのところに行った。

走った。

「兄《にい》さん！」

驚いた顔をした。

「蘭子」

何年ぶりなんだろう。もう二度と会うこともないって思っていた。

でも、その顔は、表情は、信じられないぐらいに変わっていた。悪魔のようにも思えていたその表情は、穏やかな、何というか、ただの中年のおじさんにしか見えなかった。小さい頃は普通に思えていた兄が、そのままおじさんになったように。

「来ていたのか」

「何で、ここへ」

慌《あわ》てて言ったけど、十一さんが大きな手の平を広げて、私を止めた。

和美さんは、きっと怯《おび》えていた。

でも、十一さんがいるからだ。まっすぐに立って、兄を見つめていた。さっきもそうだった。リングの下で、じっと見ていたんだ。

食堂の二階の応接間みたいなところで待っていた。和美さんが十一さんと二人で来るのを。お披露目《ひろめ》に来てくれた人たちに挨拶したり、お話ししたりするのが終わるのを。離れたところにたぶん十一さんの仲間のプロレスラーの人がいるのは、一応見ててくれているんだと思う。

話した。

ものすごく久しぶりに、兄と。

お兄ちゃんと。

お兄ちゃん、って言うのも、何年ぶりかわからなかった。

フォトグラファーのしずかさんと知り合いになって、お兄ちゃんが和美さんを捜していたことも知ったことを。それを、しずかさんが二方さんを通して十一さんに伝えたことも。

それを聞いて、心配になって今日、仕事を休んで来たことも。

お兄ちゃんは、うん、って頷《うなず》いた。

「どうしてそんなことしたの？　何で今日来たの？」

小さく、頷いた。

「謝《あやま》りたかった」

「謝る？」

私を見た。真剣な、瞳《ひとみ》。

「俺《おれ》が、俺は、酷《ひど》い男だったというのを、知った。理解した。和美と別れてからだ」

自分がどんなに歪《ゆが》んだ性格の持ち主だったか、どんな酷いことを和美さんにしてきたか、和美さんだけじゃなく、私にもだって。

「本当にだ。本当に、それに気づいたんだ。気づけたんだ。自分で」

「何で気づいたの。何があったの？」

お兄ちゃんは、少し下を向いた。何か恥ずかしそうに、少し困ったように。

「俺は、数年前から、会社でコンプライアンスのチーフをやっている。ハラスメント対策だ」

ハラスメント！

「何も解《わか》らない状態で、勉強した。こういうふうに言うのもハラスメント対策に於《お》いては黄色信号だが、俺は優秀な男だ。猛勉強して、そして何もかもを、理解した」

そうだよね。お兄ちゃんは昔っから優秀だったよね。

「自分がどれだけのことを和美にしてきたのかを、理解した。そして自分がどういう人間かも。ただ、性格や性癖みたいなものは、いい大人《おとな》がそうは簡単に変わらない。理解したとしても、俺は今でも女性にとっては最低の男なのかもしれない。表面上は新しい常識や良識のガードを身に付けたとしても、奥底では酷い男のままかもしれない。ただ、気づけた。自分の酷さに」

気づけた。

気づいたんだ。

信じられなかったけど、本当なのかもしれない。

「だから、昔よりは多少はましな男になっているつもりだ。親父《おやじ》やおふくろとも、何年前かな。話してきたよ。そういう話を」

「そうなの？」

少し微笑《ほほえ》んだ。

「心配していた。お前のことを。蘭子が親父やおふくろのことを嫌っているのも知ってるが、たぶんそれも俺のせいなんだろう。許してくれとは言わないが、一度でいいから、孫の顔を見せてやってくれ。本当に、心配しているから」

それは、まぁ考えていなかったわけじゃないから、頷いた。

「理解してから、何をおいても、和美に謝ろうと思った。許してもらおうなんて考えていないが、自分のしたことの酷さに気づいたのに、それをそのままにしておくのは自分を許せなかった。だからだ。高幡《たかはた》さんに頼んだのも。お金なんかいくら掛かってもいいから、とにかく、和美を見つけたかった。それも、和美に迷惑を掛けない手段でだ」

そうか。

「探偵とか使ってしまったら」

お兄ちゃんが、頷いた。

「そういう手段では、どこかでまた和美に迷惑を掛けてしまうかもしれないからな。人の口に戸は立てられない」

だからなのか。

あんな遠回しな手段で。

「他にも、あちこち日本中を回るような仕事をしている信頼できる人間に頼んでいたんだ。

見つけたのは、高幡さんだけだった」

　でも、その前に、本当に偶然に、和美さんが結婚するのを知った。

「うちの会社の人間が、本当に偶然で、結婚式の式次第を作っていたんだ」

　それを見つけて、今日のことを知った。

「ひょっとしたら、縁なのかもとも思った。あるいは、神様が、こういう人間の懺悔《ざんげ》を少しは聞き届けてくれたのかと」

　懺悔。

「本当に、ただ謝ろうと思って来たの？」

　頷いた。

「人生を目茶苦茶にしてしまったことを、謝りたかった。そして俺は、二度と君の人生に関わらないと誓っていることをわかってもらいたかった。もう俺から隠れるような生活なんかしないでほしいと、願いたかった」

　大きく、息を吐《っ》いた。

　安心したように、ホッとしたように。

「嬉《うれ》しかったな。ああいう人に巡り合えて」

　十一さん。

「お前は知らないかもしれないが、俺はけっこうプロレス好きなんだぜ？　〈マッド・クッカー〉本橋《もとはし》十一だって好きだった。あの人の試合を観て歓声を上げていた。今日も実は会えると思ったら、わくわくした。そっちの方が楽しみになってしまったぐらいだ」

私を見て、にやっと笑った。

「ほらな？　懺悔するとか言ってる側《そば》からこれだ」

「あぁ」

「大して変わっていない。酷い男だ」

「でも、来たんだね」

謝りに。

「心からな。それも、本当だ」

人は、変われるんだ。

私だってそうだった。夫の死から立ち直って、変わった。強くなった。

「姪《めい》っ子の顔も、見てみたい？」

訊《き》いたら、ちょっと驚いた顔をしてから、微笑んだ。

「そうだな、会ってみたいな」

階段を、上がる音が聞こえてきた。力強い足音と、一緒についてくる足音。十一さんと和美さんだ。

「じゃあ、これが終わったら、一緒に行こうよ」

お兄ちゃんの、姪っ子。私の最愛の娘に会いに。


(2nd season　完)

この作品は2021年1月徳間書店より刊行されたものに、加筆修正をいたしました。なお、本作品はフィクションであり実在の個人・団体などとは一切関係がありません。

徳間文庫

国《こく》道《どう》食《しょく》堂《どう》 2nd season

2023年5月15日 初刷

著者 小《しょう》路《じ》幸《ゆき》也《や》

発行者 小宮英行

発行所 株式会社徳間書店

東京都品川区上大崎三―一―一
目黒セントラルスクエア 〒141―8202

電話 編集〇三(五四〇三)四三四九
販売〇四九(二九三)五五二一

振替 〇〇一四〇―〇―四四三九二

印刷
製本 大日本印刷株式会社

ISBN978-4-19-894859-7

徳間文庫の好評既刊

松宮　宏

さすらいのマイナンバー

書下し

　郵便局の正規職員だが、手取りは少なく、厳しい生活を送っている山《やま》岡《おか》タケシ。おまけに上司に誘われた店の支払いが高額！　そんなときにＩＴ起業家の兄から、小遣い稼ぎを持ちかけられて……。（「小さな郵便局員」）必ず本人に渡さなくてはいけないマイナンバーの書類をめぐる郵便配達員の試練と悲劇と美味しいもん!?　（「さすらうマイナンバー」）神戸を舞台に描かれる傑作Ｂ級グルメ小説。